Match Made in Hell

親愛珍藏版

天作不合

侯文詠

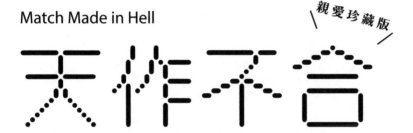

CONTENTS

天作不合——005
上帝無所不在——017
我最氣人家拐彎抹角了——039
生日禮物——061
雞兔同籠——103
叫我，爸媽第一名——153
阿媽說胖胖的才是漂亮——195
你就當作是撞到了小潘——237
當我們說我愛你——287

天作不合

不知道是心理作用還是怎麼回事，
廁所變得愈來愈臭。
時間過得比想像的還要慢，
緊接著新聞報導之後是熟悉的氣象報告片頭音樂。
連來敲門或者是上廁所的人都沒有，
難道大家都去用爸媽房間的廁所了嗎？

今天上課的時候，老師問大家知不知道「天作之合」的意思，我立刻舉手說：

「天作之合的意思就是說先生和太太相親相愛，彼此非常適合。」

「很好，」老師顯然很滿意，她點點頭要我坐下，她說：「『天作之合』就是形容一對夫妻非常恩愛的意思。好比我們形容小潘的爸爸和媽媽很恩愛，就可以說他們是『天作之合』。」

我本來也很滿意自己的回答。可是聽到老師這樣舉例，我覺得似乎有更正的必要，於是我又舉手。

「老師，」我說：「用『天作之合』形容我爸爸和媽媽好像不太對喔……」

老師說：「難道老師說錯了嗎？」她要我站起來。

我站起來，想了一下，鼓起勇氣說：「昨天晚上我聽見他們在吵架。」

同學們發出一陣笑聲，看得出來老師在皺眉頭。

「如果只是偶爾吵架，那沒有關係。老師偶爾也會對你們發脾氣啊，會不會影響老師在你們心目中慈祥和藹的形象？」

看大家沒有回答，老師又提高了聲音問：「同學說會不會？」

「不會。」

老師有些得意，她接著又說：「可見『偶爾』是沒有關係的，潘哲敏的爸爸和媽媽雖然『偶爾』吵架，但仍然可以算是『天作之合』。」

老師本來要我坐下的，可是我覺得事情的真相並不是老師說的那樣，於是我又說：

「他們昨天吵架，前天也吵架。」

才說完我就看到老師的臉色一陣紅、一陣綠的。坐我旁邊的莊討厭竟然不知死活地拍手叫好，並且火上添油地說：「哈，天作不合！」

他這一說立刻引起全班笑得東倒西歪。老師氣得頭上都要冒煙了，可是她仍裝出慈祥和藹的樣子要我坐下，繼續上課。下一句成語是「永浴愛河」，雖然沒有人說話，不過我覺得老師愈講愈生氣，彷彿連「永浴愛河」都跟她唱反調似的。

果然我的直覺沒錯，一下課，老師就叫我到辦公室去找她報到了。

我一走進辦公室，老師就問：「什麼叫做『天作不合』呢？」

「不是我說的啊！」冤枉啊，那是莊討厭。

「那為什麼要說爸爸和媽媽吵架呢？」

我心裡想著，我又沒有亂說，可是看老師那麼生氣的模樣，只好低下頭來，沒說什麼。

「你爸爸媽媽都在吵什麼呢？」

「媽媽說有人要邀請她去日本表演跳舞，爸爸說不准她去日本，那根本就是賣春。結果媽媽不高興，然後爸爸也很不開心，兩個人就這樣吵來吵去……」

老師雙掌併攏，頭靠著手指交叉處，不知沉思著什麼。

「你確信爸爸說的是『賣春』？」她問。

我點點頭，我真的聽到「賣春」。其實我也不曉得「賣春」是什麼意思，不過顯然「賣春」的威力很大，老師的臉愈拉愈長。

「看來我得找個機會和你的爸爸媽媽好好談一談……」

本來我還理直氣壯的，不過老師的語氣和表情好像家裡發生了什麼天大的災難似的，這可讓我有點不安了。

回到教室之後，我好奇地到處做民意調查。

「你爸爸和媽媽在家裡會吵架嗎？」

我一共問了五個同學。結果除了一個同學爸爸已經過世了以外，其餘四個同學的爸爸媽媽都會吵架。最誇張的是莊討厭，他的回答是這樣的：

「我爸爸和媽媽很少吵架。」

「為什麼？」我問。

「他們兩個人一有問題直接就打起來了。」

聽了我差點跌倒在地。不過問完之後我的心情好一點了，原來大家的爸爸和媽媽都一樣「天作不合」。

做完民意調查之後，莊討厭神秘兮兮地問我：「你知道老師為什麼不高興嗎？」

「不知道。」

「因為老師說『天作之合』，你偏偏說『天作不合』。」

「是你說『天作不合』的，我可沒說。」

「要不是你先說爸爸和媽媽吵架，」莊討厭一臉無辜的表情說：「我也不會說什麼『天作不合』啊！」

「『天作不合』有什麼不對呢？我說的可都是實話。」

「你說實話，偏偏又和老師相反，這樣她當然沒有面子。你知道嗎？大人最愛面子了。」

「你怎麼知道的？」

「他們都是這樣啊，上個禮拜我爸爸媽媽明明在吵架，老師跑來家庭訪問，他們立刻在老師面前裝出『天作之合』的樣子，等老師走了，繼續再吵……」

聽到這裡，我恍然大悟，原來「天作之合」和「天作不合」最大的差別就是面子的問題。

「咦？」不過我立刻又陷入了新的混亂，我問：「老師不是說過，做人要誠實嗎？」

莊討厭看著我，好像我真的很笨的樣子。

他嘆了一口氣說：「唉，你總有一天會長大的。」說得好像他已經長大了，我還沒有。

老實說，雖然我對莊討厭的態度有點不以為然，不過經過他這麼一說之後，我對一些本來覺得理所當然的事忽然開始懷疑起來了。好比放學時校長叮嚀說：

「你們走路回家時一定要好好排隊，否則別人看到同學規矩這麼散漫，學校的臉可就丟大了。」

我忍不住會想：校長這樣說，到底是為了要我們好好走路呢，還是為了學校的臉？再說，學校根本不是人，怎麼會有臉好丟呢？所以當校長說「學校的臉可就丟大了」時，他指的到底是學校的臉，還是誰的臉？

是老師的臉嗎？爸爸媽媽的臉？或者是校長的臉呢？反正我愈搞愈迷糊就對了。

放學後，我回到家時，正好聽見媽媽在和老師講電話。我雖然不知道老師說什麼，可是一聽媽媽說什麼，我就知道完蛋了。

「沒有啊，小孩子怎麼會有這個印象？哈哈，那只是在開玩笑……哎呀，對不起，真不應該，小孩子怎麼可以這樣呢……不會，不會，我絕對不會罵他，我會好好跟他談……」

我很佩服媽媽，她可以用冷冷的表情死瞪著我，可是同時口氣卻很高興地和老師說著電話。

通常放學回家以後應該是下午茶時間。我和媽媽一邊喝茶，一邊快樂地談著學校發生的事情。不過掛上電話後情況顯然稍有不同。媽媽一句話都沒說，沉默地泡茶，沉默地準備餅乾。我也只好一句話都不說，沉默地喝茶，沉默地啃著餅乾……

等餅乾快吃完時，媽媽終於按捺不住了。她故意裝作若無其事的樣子問：

「今天在學校是誰說『天作不合』的啊？」

我看了媽媽一眼，沒有說什麼。

結果媽媽又問了一遍。

我心想，真的很無聊。我說：「又不是我說的。」說著我跳下椅子，背著書包走回房間去，用力關上房門。

才一進門，媽媽又追上來了，咚咚咚地在門外敲門。她說：

「小潘，你給我出來。」

我沒有回答。

「小潘。」媽媽又在門外等了一下，不高興地說：「好，你不想談，吃晚飯的時候，我請爸爸跟你談。」說完砰砰砰地走開了。

我很希望媽媽從此忘記這件事，然而天不從人願。晚餐的時候，飯才吃到一半，媽媽又當著爸爸、哥哥和妹妹面前，故意問：

「今天在學校是誰說『天作不合』的啊？」

老天，煩不煩啊？

「是誰啊？」媽媽繼續又問：「在學校說爸爸和媽媽是『天作不合』的啊？」

「又不是我說的。」我生氣地從座位上跳了起來。

「又沒有人說是你說的。」

「那妳為什麼還要一直問？」我邊說邊往後退。

「學校老師打電話來，我當然要問啊。」媽媽也站了起來。

「我沒有說『天作不合』，我只說妳和爸爸吵架。」

「吵架？」媽媽節節進逼，「我和你爸爸什麼時候吵架？」

我本來有點猶豫，可是大家都盯著我看，於是我鼓足勇氣，大聲地說：

「是妳說要去日本跳舞，爸爸說不准妳去賣春，然後你們開始吵架，還說沒有……」我愈說愈生氣，說完一溜煙地衝進廁所，轟的一聲關上大門。

媽媽立刻追了上來，在門外說：

「小潘，你搞清楚，」她愈說愈急，「那是一個經紀人看到媽媽在晚會上跳舞，覺得媽媽表演得很好，邀請媽媽參加他們的舞團去日本巡迴演出。爸爸是關心我，和我討論。」

「既然爸爸關心妳，妳為什麼還要拍桌子？妳是生氣了嗎？」

「我……我怎麼會生氣，我只是覺得別人那麼欣賞我的舞蹈，你爸爸卻只會潑冷水……」

「那你們到底有沒有吵架呢？」

「小潘，這次我真的生氣了。」媽媽說：「你有什麼話開門出來說，我不要站在廁所門口和你討論。」

「妳為什麼要生氣呢？」我問：「是不是因為大人都很愛面子？」

果然媽媽真的發飆了。隔著門，我聽見她大嚷大叫著：

「你吃不吃飯那是你的事，」她又回頭去命令每一個人說：「大家統統不要管小潘，他愛在廁所待多久就待多久，看他撐到什麼時候才出來？」

我噘著嘴，心想：待在廁所就待在廁所嘛，有什麼好怕的？

媽媽說完走開了，我在廁所裡面做了一些適當的事。做完了之後我謹慎地按下沖水馬桶按鈕，慢慢地洗完手之後，廁所裡面就沒有什麼事情好讓我做了。

真的是完完全全沒有什麼事情好做了。

不久，我開始覺得有點無聊了。顯然大家都吃完晚餐了，客廳裡傳來電視新聞報導的聲音。不知道是心理作用還是怎麼回事，廁所變得愈來愈臭。時間過得比想像的還要慢，緊接著新聞報導之後是熟悉的氣象報告片頭音樂。連來敲門或者是上廁所的人都沒有，難道大家都去用爸媽房間的廁所了嗎？

我實在悶得有點發慌了。可是我告訴自己一定要堅持，如果這麼容易就屈服，豈不太沒有尊嚴了嗎？我又忍耐了一會兒，等我聽到八點檔連續劇播出的主題曲時，我真的快要崩潰了。我偷偷把門打開了小小的縫隙，小聲地叫：

「妹妹，妹妹。」

妹妹咚咚咚地跑來。她問：「什麼事？」

我在她的耳邊耳語，要她幫個小忙。

「可是……」妹妹面有難色地說：「媽媽知道了會不會生氣？」

一邊說著，忽然門外電鈴響了起來，接著是媽媽跑去開門的腳步聲。妹妹往大門的方向一看，忽然叫了起來：「糟糕，是你的老師來了。」說著也不理我，自顧跑去客廳看熱鬧了。

老師？我的心情立刻變得七上八下的，門縫被我推開得更大了。不久我就看見媽媽陪著笑臉和老師一起走進了客廳。

「小潘呢？」老師問。

「他……」媽媽欲言又止，想了一下說：「應該在樓上做功課吧。」

「小哥他……」妹妹站在一旁，顯然她有話要說。

「妹妹，」媽媽打斷妹妹，對著她擠眉毛弄眼睛：「妳去看看小哥是不是睡著了。」

妹妹有點不知所措地走了兩步，回頭看著媽媽。

「去啊。」媽媽說。

妹妹咬著嘴唇想了一會兒，最後她終於下定決心，大聲的說：

「小哥躲在廁所不肯出來。剛剛他還找我，拜託我先假裝去廁所請他出來，然後他再出來。」

一說完妹妹就指著我的方向，我大吃一驚，正要關門，發現老師和媽媽的目光已經同時射過來了。儘管我反射性地關上了廁所大門，可是為時已經太晚了。

「怎麼會這樣呢？」老師有點無辜地問。

「他和媽媽鬧彆扭。」妹妹說。

情況似乎有一些尷尬，我聽見媽媽在門外用誇張得不能再誇張的聲音對老師說：「妳看，才說了他一下……唉，現在小孩子就是這麼愛面子。」

天啊，是誰愛面子啊？我氣得用力拍廁所的門以示抗議。

砰——砰——砰！

「是啊，」老師也附和著說：「現在小孩子可真是愛面子……」

我又繼續用力拍門。砰——砰——砰！

也許有點尷尬吧，我聽見媽媽和老師用著比我拍門更大的聲音笑了起來，媽媽邊笑邊說：

「哈，哈……真是的，現在的小孩子。我不記得我們小時候這麼愛面子的啊？」

上帝
無所不在

雖然我一再強調腳踏車謀殺案
是很嚴肅的一件事，可是似乎除了我以外，
現場的每一個人全露著興奮的表情。
可能是偵探卡通或者是小說看多了，
沒有任何人表現出命案現場應有的謹慎與哀戚……

1

吃完晚餐我們全在客廳，哥哥說了一段故事：

范大同是我們班同學。今天下課時走出教室，他忽然聽見奇怪的聲音，抬頭一看，發現教室外面的監視器不曉得什麼時候換新了。新的監視器鏡頭會感應人所在的方向，並且自動轉動。這下范大同可好奇了，於是他開始玩監視器，他往左移動，鏡頭就轉向左邊，往右移，鏡頭又轉向右邊。范大同可樂了，一會兒跳到左邊、一會兒又跳到右邊，對著鏡頭招手、做鬼臉。正當他玩得不亦樂乎時，全校廣播忽然傳來生教組長聲音，大罵著：

「學務處報告，學務處報告，在二年六班走廊監視器前面跳來跳去那位同學，現在立刻到學務處報到！」

我們聽了全笑得樂不可支，就在大家興致高昂時，我忽然聽到遠遠傳來垃圾車的音樂。

「唉。」

這個禮拜輪到我倒垃圾了。我心不甘情不願地帶著垃圾袋衝出門去、按電梯、電梯開門、進電梯。電梯關門之後，我冷冷地看了電梯裡面的監視器一眼，然後是

五、四、三、二，電梯下降到一樓……然後電梯開門。我用飛快的速度倒完垃圾，衝回電梯口，按電梯，接著電梯開門、上電梯、電梯又關門，我又看了監視器一眼，一、二、三、四，電梯又回到五樓。等電梯一開門，我尖叫了出來。

「啊——」

躺在門旁樓梯間的是我的腳踏車。雖然沒有血泊，車身也還算閃亮，可是腳踏車坐墊已經被割得亂七八糟，露出了底下的毫無生跡的海綿泡墊。

一想起命案現場就在我們家門口那種感覺，我不由得又尖叫了一遍：

「啊——啊！」

我的叫聲很快驚動了爸爸、媽媽、哥哥還有妹妹。雖然我一再強調腳踏車謀殺案是很嚴肅的一件事，可是似乎除了我以外，現場的每一個人全露著興奮的表情。可能是偵探卡通或者是小說看多了，沒有任何人表現出命案現場應有的謹慎與哀戚，大家紛紛對我發出問題，荒謬離奇的程度，超出我的想像。

這些荒謬離奇的問題大致可分成以下幾類，好比媽媽大部分的問題是屬於歇斯底里型的，像是：「會不會有歹徒盯上你了？」或者，「歹徒會不會還躲在這棟大樓裡？」

妹妹的問題基本上可以歸類是白癡問句法，問題愚蠢的程度可以證明她平時不管是柯南的漫畫或者是卡通全都白看了。

好比說，「你什麼時候發現的？」就大叫的時候啊。

「你為什麼要大叫？」我為什麼不？

「你知道是誰幹的嗎？」廢話，知道了我還大叫？

更白癡的問法是：「你現在的感覺怎麼樣？」天啊，我還感覺怎麼樣呢？難道我應該說：我的腳踏車有幸成了受害者，我真是太高興了嗎？

唯一有模有樣的是爸爸。他本來正看著八卦雜誌，現在他把那本充滿偷拍、還有爆料的××週刊暫時夾在腋下。他先到樓梯口四下張望，檢查每一個通風窗口，又查看了一下天花板，還把腳踏車從頭到腳仔細地觀察了一遍。做完了這一切看起來還算專業的動作之後，他開始發問了：

「你最後一次看到腳踏車是什麼時候？」

「就放學的時候，我一回家就把腳踏車帶到樓下廣場去騎。」

「那時候坐墊還是好的嗎？」

我點點頭。

「然後呢？」爸爸問。

「什麼然後？」

「騎完腳踏車之後呢？」

「我就牽著腳踏車，按電梯，電梯打開，我把腳踏車牽進去，然後電梯關門……哎呀，就是那些，跟平常都差不多。」

「有沒有遇到什麼可疑的人？」

「電梯關門之前，門又打開了。對門邱伯伯帶著小美也進來了。」

「咦？」爸爸很有架式地問：「小美和你同一個學校，你們不是應該同時放學才對？怎麼你已經回到家又騎了好久的腳踏車，她才剛回來？」

「小美很乖，人家雖然年紀小，可是每天都去補英文，」媽媽用一種怨怨的眼神看著我說：「哪像你們家兒子，死也不肯去補習。」

喂，不是在辦案嗎？怎麼忽然流彈四射起來了？

「然後呢？」幸好爸爸繼續發問。

「我跟邱伯伯問好。邱伯伯說我好乖，又問我新腳踏車怎麼來的？我說是參加作文比賽得到第二名，爸爸買給我的。邱伯伯更高興了，一直摸著我的頭，說我真的好乖又好聰明，還叫小美要多多跟我學習……」

「好了，好了，」媽媽說：「自吹自擂的部分就省略了吧。」

「然後呢？」

「然後邱伯伯問我有沒有讀聖經，還開始告訴我神愛世人……」他們全家都是虔誠的教徒，每天開口閉口就是愛來愛去的，還纏著你不放，有點叫人害怕。

「這一個部分也可以省略。」媽媽說。

「接著呢？」

「接著電梯上五樓，然後電梯門就開了。」

「你確信當時坐墊還是好好的？」

我點點頭。當然是好的，難道坐墊會在電梯裡面，自己忽然破了嗎？

爸爸雙手抱胸，又撫了撫下巴做沉思狀，最後他下了一個看起來似乎很專業，不過顯然沒有什麼用的結論。他說：

「可見腳踏車被破壞的時間是介於小潘回家吃飯到出去倒垃圾這段時間。」

廢話！我心裡想著，可是嘴巴卻說：

「嗯，很……有道理！」

2

我們到樓下管理員那裡，把六點半到九點半之間電梯的監視器錄到的影像快速瀏覽了一遍。這期間，除了一個快遞的送貨員之外，並沒有其他人搭電梯到五樓來。

送貨員在五樓停留了大約只有三十秒鐘，根據這個時間判斷，他是兇手的可能性應該也可以排除。

這麼一來，到底歹徒是怎麼闖入的呢？難道他故意避開電梯，走樓梯間上來？為了證實這個假設，爸爸和我沿著樓梯間，從一樓走到五樓。我們發現樓梯間一共停了五部腳踏車。可是除了我的腳踏車之外，其他四部腳踏車都是完整的。換句話，歹徒從一開始就是目標確定的，他從一樓走到五樓，找出我的腳踏車，然後對它下手……

他的目的是什麼？警告，報復，或者是威脅呢？這麼一想，不禁覺得毛骨悚然。

爸爸皺著眉頭，敲開了邱伯伯家的門。邱伯伯穿著不太體面的睡衣，慢條斯理地走出來。爸爸告訴他腳踏車的事情。邱伯伯一看我的腳踏車，大吃一驚說：

「剛剛在電梯裡面，不是還好好的嗎？」

「咦，」邱媽媽隨後也走了出來，她問：「腳踏車怎麼會變成這樣？」

「你們剛剛有沒有注意到什麼異常狀況？」爸爸問。

兩個人對望了一眼，然後同時搖頭。

「我查過電梯監視器的影像了，」爸爸說：「歹徒很可能故意避開電梯的監視器，從樓梯間入侵的。」

「這還得了？」邱媽媽的嘴巴張得大大的。

「我看大家還是小心一點才好。」媽媽說。

「要不要報警處理？」邱爸爸問。

「報警當然是個辦法，問題是警察會不會覺得這是芝麻綠豆大的小事……」

「至少也要告訴樓下管理員啊，要是歹徒真可以這樣來去自如，我們的生活哪還有保障？」

恐怖的氣氛不斷地擴張。大家像一群老鼠一樣，想不出什麼好辦法對付那隻看不見的貓。哥哥悄悄地靠過來我身邊，他小聲地說：

「我有個好辦法。」

我隨他走入家門。一進房間，他立刻從抽屜裡拿出一個像鏡頭一樣，小小的東西。

「這是什麼？」我問。

「針孔攝影機啊，傻瓜。」

「真的是針孔攝影機？」我張大了眼睛。

「其實是一般網路視訊用的攝影機。不過你只要找條夠長的延長線，把它插進電腦，再灌軟體，就可以當監視器使用了。」

「你是說，我們可以在樓梯間裝針孔攝影機，看看歹徒還會不會再來自投羅網？」

哥哥點點頭。

「有那麼白癡的歹徒嗎？」

「不試試看怎麼知道呢？」他表示：「這個秘密千萬別告訴別人。」

「為什麼？」

「全世界都知道了，哪還叫針孔攝影機？」

我們回到犯罪現場時，管理員和警察都來了。他們的問題全差不多，警察聽取了我們的描述，又參考坐墊的割痕，他也認定歹徒的目的無非是報復或者洩恨。警察還問我們有沒有欠錢、感情問題或者是和別人結怨這類的糾紛，我們都說沒有。

「你們最好提高警覺，多加提防。」

警察很快來了又走了。除了氣氛變得更加詭譎恐怖之外，一切似乎沒有什麼太大的差別。

3

隔天我在哥哥的電腦上看到停在樓梯間的腳踏車時，有種很有趣的感覺。我和哥哥還故意戴著墨鏡跑到鏡頭前面揮手。我們感到很滿意，畫面上哥哥和我看起來像極了電影中的黑道殺手。

有了針孔攝影機之後，生活似乎開始有了新的希望。每天經過樓梯間，我一定急著跑去查看腳踏車。那種感覺有點像在釣魚，每次我都恨不得歹徒趕快來自投羅網。雖然說換新坐墊花掉不少零用錢，可是每當我發現腳踏車仍然還是完好無損時，心裡甚至有點魚兒沒上鉤那種悵然若失。

儘管如此，我還是從電腦上的監視畫面發現一些有趣的事情。

好比說，七樓有個胖胖的阿姨，不曉得為了減肥還是什麼理由走樓梯。每次她都邊走邊吃東西。我腳踏車前面的籃子常常莫名其妙出現的包裝紙袋，就是她的傑作。我每清理一次垃圾，都會很認真的詛咒她三次，祝她減肥失敗。

還有一個快遞的送貨員，為了趕時間也走樓梯。昨天我們開門的時候他雖然看起來很有禮貌，可是監視器的畫面上顯示他按電鈴之後，媽媽才在對講機中要他等一下，他就不耐煩地對著我們家大門不停地做鬼臉。

最好笑的是六樓的那隻貓。每次主人要搭電梯出門時，牠就急急忙忙從樓梯往下衝。六樓的阿姨後來告訴我，她們家的貓患了「電梯幽閉恐懼症」，可惜獸醫師都不相信。她花了快二十分鐘跟我討論「為什麼獸醫沒有精神科」，這個她認為是全世界最重要的問題……

由於哥哥電腦硬碟的記憶體有限，每天我們都得把昨天的錄影刪除。到了第三天，歹徒仍然沒有出現。我可有點著急了。為了刺激歹徒，我甚至做了一張「來啊，我才不怕你！」的海報，放在腳踏車前面的籃子裡。

第四天，歹徒還是不見蹤跡。

第四天晚上，我倒完垃圾回來。如同往常，我往樓梯間腳踏車的方向一看。那張海報已經被割得零零碎碎了，不但如此，更令人興奮的是——

腳踏車的坐墊也被割壞了！

我必須用手蒙著嘴巴，才能避免自己大聲亂叫。我飛也似地衝到哥哥的房間。

「來了，」我盡量壓低聲音，指了指門外，又以手刀的姿勢做出亂割的動作說：「歹徒真的來了。」

哥哥立刻會意，轉過身，打開他的電腦。叫出了晚上六點多到九點錄影的監視紀錄，開始快速播映。

一時之間，我的心臟怦怦怦地亂跳。

果然，在七點二十三分左右，有個人拿著一把美工刀，背著鏡頭，走進了畫面。他拿起海報，開始亂割……

「Bingo!」哥哥大叫一聲：「你最好去找爸爸、媽媽過來看一下……」

爸、媽還有妹妹來到房間時，哥哥已經重新倒帶，把最關鍵的那一段挑了出來。精采畫面重播，大家全看得眉頭緊皺，爸爸用手肘頂了頂媽媽說：

「妳最好去隔壁請邱先生和邱太太來看一下。」

邱伯伯和邱媽媽來到哥哥的房間時，關鍵畫面起碼已經重播了十次以上。第十一次重播，劇情依然是拿著美工刀的歹徒走進畫面，他先開始亂割海報，接著又激動地劃破腳踏車坐墊。歹徒一直背著鏡頭，看不清楚是誰，直到他完成了所有的罪行，才回過頭來，露出猙獰的笑容。

哥哥暫停了播映，把畫面固定在那唯一的驚鴻一瞥。

「小美？」邱媽媽咚的一聲坐到哥哥床上，她一臉不敢置信的表情問：「怎麼會這樣？」

4

隔天放學，我正在餐廳裡得意地吃著餅乾，喝著下午茶時，媽媽悄悄地把我叫進廚房。她用一種很嚴肅的表情說：

「你知道為什麼邱小美要割你的腳踏車坐墊嗎？」

「為什麼？」

「小美說你看起來太驕傲了。」

「我？」我無辜地說：「我又沒有對她怎樣。」

「就是因為你都不理她……」媽媽停了一下說：「你最好聽聽這個。」

那是一台迷你型的MP3錄音機。媽媽按下了播音鍵。錄音機播放出來的是邱媽媽和邱小美的對話。

——小美，昨天七點半左右妳在做什麼啊？

——七點半，沒在做什麼啊？

——妳確信妳沒有在做什麼嗎？妳要不要當著上帝的面前，對祂發誓啊？

一段沉默。沙沙沙的聲音。邱媽媽又說：

——如果妳沒有做什麼，隔壁小潘的腳踏車坐墊怎麼會被割破的？

又是一段沉默。沙沙沙。之後邱媽媽又說：

——今天禱告的時候，上帝都告訴我了。

上帝？小美問：

——上帝真的都告訴妳了？

——要不然我怎麼會知道？

——那，上帝有沒有生氣？

——上帝沒有生氣，可是祂要我問清楚，妳為什麼要做這種事？

接著是小美哽咽的聲音。

——人家也不知道，我一看到小潘那副自以為是的樣子，就很生氣。

——不會啊，我記得小潘是個很有禮貌的小孩啊，每次看到爸爸、媽媽他都會打招呼。

——他就是很會裝啊，要不然他為什麼從來不跟我打招呼？你們就只會稱讚說什麼他很乖、又有禮貌。那天在電梯裡面他還自誇說什麼腳踏車是他作文比賽得獎的獎品。他根本就是個自戀狂，結果爸爸一直說他好話，還說什麼要我跟他好好學習，好像我真的很笨一樣……

「這未免太誇張了吧，」聽到這裡，我抗議說：「這樣就要割我的腳踏車？」

媽媽暫停了播放器說：

「可是小美說你從來不跟她打招呼。」

「拜託，她也一樣從來不跟我打招呼啊！」

「那你也犯不著在她面前自誇你的作文多厲害啊！」

「明明是邱伯伯先問我，我只是照實回答而已。」

「小潘，你怎麼這樣說話呢？難怪小美覺得你很自以為是。唉，她是女生，你是男生嘛……」

「什麼我是男生？我是受害者，受害者還有分男生女生的嗎？哪有行兇的人先哭的道理，」我簡直被氣炸了，我說：「要哭我也會，嗚嗚嗚……我的腳踏車……嗚……」

「唉，你這個孩子，」媽媽說：「怎麼這麼不講道理？……現在到底是誰不講道理？

我繼續表演大哭。大概哭了一分鐘左右吧，沒有人理我。我也有點覺得無趣了。

「好吧，」我停止了表演，「腳踏車被劃成這樣，總得有人道歉吧？」

「剛剛邱媽媽已經來道過歉了。」媽媽拿出一張千元大鈔給我，「這是她賠的錢，她要我跟你說對不起。」

我忽然想起來，問：「這段錄音哪裡來的？」

「你都能針孔攝影了，邱媽媽當然也可以秘密錄音。她說你這麼乖，一聽應該就知道這一切是一場誤會了。」

「邱小美呢，難道她割了別人的腳踏車，就這樣沒事？」

媽媽看了我一眼說：「要不然你打算怎麼辦？難道也要拿美工刀去割小美他們

家大門？」她又按下了錄音播放鍵，「你再聽聽這個。」

邱媽媽的聲音又出現了。

——小美，媽媽跟妳說，小潘是個好孩子，媽媽相信他只是很害羞，不好意思跟妳打招呼而已。他對妳印象其實還不錯的，妳一定誤會他了。

——妳怎麼知道的？

——明天就是妳的生日，上帝跟我說了，祂看到了小潘會買生日禮物送給妳，祝妳生日快樂。到時候妳就知道妳誤會小潘了。妳可以趁著那個機會跟他認錯、道歉啊。

——他才不會送我生日禮物。

——難道妳不相信上帝說的話嗎？

一陣不算短的沉默。最後小美說：

——好吧，如果他真的送我生日禮物，我就向他認錯、道歉。

秘密錄音就到這裡結束。媽媽看著我。

「上帝這次搞錯了，」我發表感想說：「明天不會有任何小孩送小美生日禮物的。」

「難道你覺得邱媽媽的提議不好？」

「這算什麼提議？我的腳踏車被割了，然後我還要去送生日禮物賠罪。」

「不是賠罪，這是敦親睦鄰嘛。小潘，上帝不是說過嗎，如果有人打你的左臉，你就連右臉也一起讓他打。」

我用不敢相信的目光看著媽媽。

「別這樣嘛，」媽媽有點耍賴地說：「上帝都說了，明天你會送生日禮物給小美。」

「那哪是什麼上帝，根本就是ＭＰ３……」

「別這樣，你就別讓邱媽媽的上帝丟臉了。再說，你去送生日禮物，小美也會跟你道歉、認錯的，你又不吃虧。」

我嘟著嘴說：「小美哪會道歉？」

「上帝不是說過了嗎？她會道歉的。」

「小美不會道歉的。」我說。

「媽媽用人格，再加上上帝的人格，一起跟你保證，」媽媽胸有成竹地說：「只要你先表示善意，小美一定會道歉的。」

上帝的人格？我完全被打敗了。

「媽媽知道小潘最乖了啦，」媽媽窮追不捨地搖著我的手說：「你看，邱爸爸、媽媽都稱讚你有禮貌、又乖，你就別讓大家失望嘛……」

5

叩，叩，叩。

此刻，全世界大概再沒有比我更無辜，更需要「強顏歡笑」勇氣的人了。門打開來，是邱媽媽。她看到我手上提著一盒綁著蝴蝶結的禮物，露出了誇張的笑容。

「哎呀，小潘，」她轉身去對屋子裡面的人興奮地喊著：「爸爸、小美，趕快來，小潘來了。」顯然事情的進行和上帝告訴她的一模一樣。

不久，邱爸爸來了，小美也來了，躲在邱爸爸後面，用死魚般的眼睛瞪著我。

「小潘啊，你來了，」邱爸爸故意問：「什麼事啊？」

我提起禮物，吞吞吐吐了半天，終於說：「我來……來送禮物。」

邱媽媽殷切地問：「為什麼要送禮物？」唉，明知故問。

「我祝小美，」我心不甘情不願的說：「生日快樂。」

「真是太好了。」邱媽媽說。

小美仍躲在邱爸爸背後，用一種不信任的眼光，把我從頭看到腳，又從腳看到頭。

「小美，」邱爸爸把她往前推，「趕緊把禮物收下來啊。」

小潘的禮物很漂亮喔，小潘真的很有誠意喔……大家都在打哈哈，我的手就這樣提著禮物在半空中懸著。媽媽來了，她也插上一腳說：

「那天我還聽到小潘稱讚小美，說小美的鋼琴真的彈得很棒喔。」

啊？鋼琴彈得很棒？

「小潘你說對不對？」媽媽一直對我眨眼睛。

小美半信半疑地看著我，大家全都看著我。

我無可奈何地點了點頭。

邱爸爸催促著小美說：「趕快把禮物收下來啊。」

邱媽媽也催促她：「妳不是一直很期待有很多人送妳生日禮物嗎？」

好不容易，小美終於伸出手，像給我很大的恩惠似的接過了生日禮物。

我心裡想著，好了，該送的禮物也送了，該稱讚的部分我也點頭了。現在總該輪到小美道歉了吧？

「小美，」邱媽媽說：「拿了禮物要記得跟人家說謝謝啊！」

然而小美只是斜著眼睛看著我。我心裡愈來愈不是滋味。

「小美，」邱爸爸也說：「小潘對妳這麼好，妳應該謝謝他才對啊。」

小美仍然不說話。這算什麼嘛？如果連謝謝都不肯說，哪還可能道歉，認錯？

「快點啊，小美。」

我的感覺糟透了，覺得自己好傻，站在這裡自取其辱。我愈想愈激動，可是我仍克制情緒，裝出理性溫和的表情說：

「沒有關係，我不是來要謝謝的。」

說完我奪門而出，媽媽也隨後追了過來。

一進家門，我可發作了，大聲嚷著：

「妳不是說她會道歉還會認錯的嗎？」

「別這麼激動嘛，小美還不懂事，小潘最乖了。」

「還不懂事就可以這樣欺負人嗎？我再也不要什麼最乖了，愈乖的小孩子活該就要愈倒楣，」我的聲音愈來愈大，「說什麼上帝的人格還有妳的人格……」

我不高興地拍牆壁，又踢門板。就在我快把整個屋子掀過來的時候，忽然聽到門外有人敲門。

叩，叩，叩。

媽媽把門打開，小美就站在門口。她說：

「我找小潘。」

6

小美問：「你怎麼知道今天是我的生日？」

我沒好氣地回答她：「上帝告訴我的。」

「真的？」她一臉認真的表情。

我點點頭，要不然還能說什麼呢？

我一點也沒想到那句話竟然發生了魔咒似的效果。

小美臉上的器官包括眼睛、鼻子、嘴巴，全都扭在一起了。那張臉愈來愈紅，愈來愈脹，最後終於無可抑遏，全面爆發。

「嗚……嗚，」淚水很快爬滿了小美的臉，她哽咽地說：「對不起，我錯了，我不曉得你對我這麼好，還割壞了你腳踏車的坐墊。我是罪人，嗚……」

我最氣人家拐彎抹角了

就這樣，一個狼狽的女人撐著一把洋傘，
扭著高跟鞋一拐一拐走在前面，
後面跟著三個小鬼頭，
更後面是戒慎恐懼的汽車緩緩跟隨。
我們活像是媽祖繞境的進香隊伍，
吸引無數路上行人的目光。

1

禮拜五晚上，我們寫完了功課，爸爸開車載大家出去吃晚飯。吃完晚飯回家的路上，我們坐在爸爸的車上，妹妹提議租ＤＶＤ回家看。這個提議很快得到全家一致拍手通過。

接著問題來了。大家要一起看什麼電影呢？

「大潘先說。」媽媽表示。

「呃……」大家都知道哥哥最喜歡像《駭客任務》那類沒水準的高科技電影，可是他還是裝出很難決定的模樣，支吾了半天說：「還是讓小潘先說好了。」

我？「呃……」大家也都知道我最著迷的是《柯南探案》的日本卡通，可是我也學哥哥的樣子說：「我沒有什麼意見。」

「好，你們都沒有意見，」媽媽說：「那妹妹呢？」

妹妹想都不想，立刻就說：「我要看《小美人魚》。」

天啊，《小美人魚》？我和哥哥異口同聲說：「不要！」迪士尼的《小美人魚》妹妹至少已經看過十次了。

妹妹嘟著嘴問：「為什麼不要？」

「那太幼稚了吧。」我說。

好了，問題回到原點。爸爸提議說：

「媽媽不是買了很多郵購的ＤＶＤ嗎？到現在都還沒有看完。要不要先看那些ＤＶＤ？」

完蛋了！我心裡想，好好一個週末晚上。「呃……」我們三個小孩全露出了凝重的表情。

媽媽很喜歡買郵購的ＤＶＤ，而且一買就是一整箱。一整箱的ＤＶＤ明明看不完了，偏偏不久媽媽又無法克制地郵購了新的ＤＶＤ。郵購來的影片全是媽媽精心挑選，雖然它們表面看起來各式各樣，可是所有的影片共同的任務只有一個：那就是寓教於樂。不知道為什麼，媽媽特別偏愛那些貧窮、戰亂，或者是偏遠地區，或者是不幸的、可憐的故事，再不然就是聾子、瞎子、得到怪病的各種殘疾人士奮鬥向上的故事。

我並不是說這些電影不好，而是每次看電影，她都會哭，還會教訓我們說什麼你們有爸爸又有媽媽，生活這麼好，不愁吃又不愁穿，四肢健全，多麼幸福，卻多麼不會珍惜、好好努力……搞得我們都是罪惡感。其實我們也很無辜啊，我們又不是故意要生活得這麼好，不愁吃不愁穿，再怎麼說，這些事他們要負很大的責任才對。

「你們到底考慮得怎麼樣了啊？」媽媽問。

「那些影片很好，只是……呃，」我說：「今天……今天是週末晚上。」

「週末晚上？」媽媽有點不耐煩了，她問：「週末晚上怎麼樣？」

「呃，」我很識趣地低下頭說：「沒怎麼樣……」

「怎麼會沒怎麼樣呢？週末晚上到底是什麼意思，小潘話別說一半，你把話講清楚。」

車內變得一片寂靜。眼看著汽車已經接近ＤＶＤ出租店門口了，爸爸抓著方向盤，愈開愈慢。到最後汽車都超過門口了，他只好問：

「現在該怎麼辦？」

真是掃興，我賭氣地說：「算了。」

「什麼叫算了？」媽媽可火大了，「我最氣人家拐彎抹角了，問你們想看什麼不說，別人提議你們又有意見。現在一句算了就把責任全推給我，今天非把事情講清楚不可，」媽媽指示爸爸：「你繼續開。」

於是爸爸只好開著汽車，沿著出租店附近的巷弄繞圈圈。

「小潘，我再問你一次，」媽媽又問：「你到底想看什麼？」

「都好。」我無奈地說。

「『都好』。這可是你說的。那大潘呢？」

「喂，」哥哥微舉起雙手作投降狀，「我什麼都沒說。」

「所以我才問你啊，你把話給我說清楚，別繞圈圈。」

我注意到爸爸聽到「繞圈圈」時猶豫了一下，不過他很快明白這和汽車無關。

「呃……」哥哥向來謹言慎行，他想了一下，委婉地說：「我沒什麼意見，主要是小潘想看的是《柯南》卡通，他只是不敢說而已。」

啊？怎麼事情一下子就推回我身上來了。我不甘示弱地說：「根本就是哥哥，他想看《駭客任務3》不敢說，賴到我的頭上！說什麼我想看《柯南》。」

「你就是想看《柯南》啊，有什麼不對？」

「你才想看《駭客任務》呢，誰不知道？」

現在汽車繞了一圈，又回到了DVD出租店門口。

「現在到底決定怎麼樣？」爸爸滿臉問號地看著媽媽。

「你們兄弟到底說好了沒有啊？」媽媽說：「看到沒有，你們爸爸不太高興了喔。」

爸爸撇了撇嘴，沒說什麼，不聲不響地開車繼續繞第二圈。

車上的空氣沉默了一會兒。是我先打破了沉默。

「我們兩個人說好有用嗎？」

媽媽說：「至少你們兩個人要先說好啊，要不然怎麼說服其他三個人呢？」

哥哥看了我一眼，我也看了他一眼。

我提議說：「我們猜拳決定好了。」

「你先去問媽媽我們可不可以猜拳決定。」哥哥說。

「奇怪了，大潘？」媽媽不高興的說：「我最氣人家拐彎抹角繞圈圈了。你就在我旁邊，有問題為什麼自己不直接問，慫恿你弟弟來問？」

「好吧，」哥哥問：「那我們到底可不可以猜拳決定？」

「你們猜不猜拳，不關我的事。」媽媽說。

哥哥用很奇怪的眼神看著媽媽，他說：「奇怪了，不是妳叫我問的嗎？」

「我說：你有問題為什麼不自己直接問？我可沒答應你我一定回答。」媽媽不甘示弱地說：「本來你們愛怎麼商量就不關我的事。如果你們兄弟想和我談，自己先商量好再說。」

眼看汽車又快繞行一周了，我用手肘推了推哥哥說：

「我看我們還是趕快猜拳吧。」

「好吧，」哥哥想了一下說：「那就剪刀、石頭、布。三戰二勝。贏的人決定要看什麼。」

我欣然同意。我們兩人當下握緊拳頭——

剪刀、石頭、布！

哥哥出剪刀，我出布。他興奮地叫了起來：「我贏了，我贏了。」

「別得意得太早，三戰二勝。」我狠狠地看了哥哥一眼，「還有兩拳。」

「再來啊，誰怕誰？」

「剪刀、石頭……」

正要出拳，一直沉默著的妹妹忽然說：

「太好玩了，我也要參加。等一下你們猜完了，看看到底是《柯南》或者是《駭客任務》，贏的人再和我的《小美人魚》猜一次。」

一聽到妹妹這麼說，我和哥哥硬邦邦的拳頭全軟掉了。

「等一下，」哥哥說：「《小美人魚》不是早就淘汰了嗎？怎麼現在又變成衛冕者了？」

「沒有淘汰啊！」

「可是明明剛剛我們都反對的，我們要猜拳時妳也沒有意見啊。」

「可是現在我有意見了啊。」

「太晚了啦。」我也幫腔。

「哪有這樣的，」妹妹急得快哭出來了，「《柯南》和《駭客任務》我也沒有贊成啊。我不管啦，我也要猜拳……」

情況顯然又僵住了。汽車仍在繞著，現在已經第三度來到了ＤＶＤ出租店門口。看到後照鏡中爸爸臉上愈來愈難看的表情，我對妹妹說：

「真要公平的話，我們三個人重新猜拳吧。」

「三個人猜拳就三個人猜拳。」顯然她也看到了爸爸難看的表情。

爸爸回頭默默地看了我們一眼，繼續把汽車往前開。

「三個人剪刀石頭布，」我宣布遊戲規則說：「由贏三次的人決定看什麼。」

好了，現在妹妹加入戰局，大家又開始摩拳擦掌。僵局好不容易露出了一絲曙光，哥哥忽然又有問題了。

「等一下，我想知道，我剛剛贏的那一次算不算？」

妹妹說：「那一次我沒有參加，當然不算。」

「這樣不公平。」哥哥說。

我也說：「說好三個人重新猜拳的。重新就是原來不算的意思啊。」

「根本就是我一個人吃虧嘛……」一時之間，哥哥的臉全扭在一起，他用手揉著臉，不斷地揉著，試圖把臉上的表情肌都扳回原位。最後，他似乎搞不定自己的臉，抬起頭宣布說：

「我退出。」

「什麼意思，」我問：「你退出？」

「我再也不想跟你們這些無賴玩了。」

天啊，好不容易才說好了大家一起猜拳，誰無賴？我不高興地說：

「退出就退出，我也不玩了。」

妹妹顯然受到不小的震懾，接著她開始流眼淚。

「說好要猜拳的，我一加入又說不猜了，他們都欺負我，哇……」

「大潘、小潘。」媽媽終於忍不住出面干涉了。

「妳不是說我們怎麼商量不關妳的事嗎？」哥哥說。

「可是你把妹妹弄哭了就不行。你是哥哥，你要負責。」

「我不當哥哥了可不可以？」

「不行！」媽媽火大了，「你說清楚，現在到底怎麼一回事？」

哥哥說：「我不猜拳了，就這麼簡單。」

「你不猜拳，那等一下看什麼電影呢？」

「隨便。」

「好，你看隨便，那小潘呢？」

「我也隨便。」

「那妹妹呢？」

「我不管啦，我不要看隨便，」妹妹本來只是抽泣，現在她得寸進尺，乾脆放聲大哭，「哇……」

天啊，我真的受不了了。

「會哭會鬧就比較高級嗎？」要吵誰不會？於是我也開始大嚷：「我受不了了，啊……」

「不要吵！」媽媽大聲斥喝著，效果顯然並不顯著，哥哥也加入了戰局。

「我也受不了了，」他喊著：「啊，啊，啊——」

就這樣，到處充斥著哭聲、喊聲、斥喝聲，車內的情況可說完全失控了。說時遲那時快，我聽到砰！砰！兩聲巨響，接著汽車引擎開始發出奇怪的喘息。不久，又傳來砰的一聲，汽車終於失去動力，停了下來。

一時之間，大家全嚇得鴉雀無聲。只有爸爸還歇斯底里地發洩著：

「啊！啊！我再也再也受不了了，啊——啊——啊！啊！啊……」

他就這樣喊了將近十秒鐘，才平靜下來。他不懷好意地看了我們一眼，又裝出若無其事的樣子打開車門出去查看。

2

這下可好，除了爸爸還坐在駕駛座外，我們全都下來推車。

我們推著車子跑了十多公尺，引擎終於發動時，排氣管砰砰放了兩個響屁，烏賊似地噴出了兩大團黑煙。直到爸爸的汽車開遠了，我們才發現：兩團黑煙，一團落在媽媽的衣服上，另外一團落在媽媽的臉上。

如果你看過卡通影片，頑皮豹被炸到之後，臉黑黑的模樣，就會明白我為什麼會笑成那樣。本來我們一點也沒警覺到事情的嚴重性，直到爸爸的汽車又繞了一圈回來，媽媽拒絕上車，我們才知道麻煩大了。媽媽打開後車廂，拿出洋傘。她忿忿地撐起洋傘，頭也不回地往回家的方向走。

就這樣，一個狼狽的女人撐著一把洋傘，扭著高跟鞋一拐一拐走在前面，後面跟著三個小鬼頭，更後面是戒慎恐懼的汽車緩緩跟隨。我們活像是媽祖繞境的進香隊伍，吸引無數路上行人的目光。

更禍不單行的是，走了沒多遠，忽然又聽見砰的一聲。我回頭一看，爸爸的引擎顯然又熄火了，一陣黑煙從汽車後方揚了起來。

媽媽撐著洋傘在前面義無反顧地越走越遠，爸爸則在後方孤獨無援。正在左右為難時，哥哥踹了我一把。

「快走啊！你。」他說。

「可是爸爸……」

「拜託，」他指了指媽媽的洋傘，「你搞清楚方向好不好？」

局勢的確令人擔憂，我邊走邊回頭看著爸爸。汽車後面那團黑煙，像是跑進了我的心裡一樣，怎麼樣都揮之不去，我就這樣跟著哥哥、妹妹和媽媽，一路走回到家裡去。

3

好了，現在我們三個小孩全在房間裡面寫「博士論文」。

四一　我最氣人家拐彎抹角了

四二　我最氣人家拐彎抹角了

四三　我最氣人家拐彎抹角了

四四　我最氣人家拐彎抹角了

媽媽剛剛的聲音仍然餘音繞樑。

「什麼是隨便？什麼是都好？什麼是我沒有什麼意見？你們如果沒有什麼意見，為什麼光是決定一部ＤＶＤ，就可以搞成這樣？」

四五　我最氣人家拐彎抹角了

四六　我最氣人家拐彎抹角了

四七　我最氣人家拐彎抹角了

「搞什麼鬼嘛？我明明最氣人家拐彎抹角，你們卻一直在那裡繞圈圈，繞圈圈……」

四八　我最氣人家拐彎抹角了

四九　我最氣人家拐彎抹角了

「媽，」哥哥說：「我們沒有繞圈圈，我們只是搞不清楚妳的意思……」

「你們管我什麼意思做什麼？小孩子有話直說嘛，拐彎抹角我最氣了。」

「可是，媽……」

「我不要聽了，你們全部去給我寫『博士論文』，『我最氣人家拐彎抹角了』罰寫五十遍。」

五〇 我最氣人家拐彎抹角了

呼——我揉了揉手，又擦了擦額頭的汗，終於寫完了五十遍。我拿著那一大張「博士論文」，走出房間去。

「寫好了。」

媽媽就坐在客廳的沙發上，沒有任何回應。從她還沒更換的髒髒衣服，以及黑黑的臉你就知道她餘怒未消。我很識相地把「博士論文」放在客廳的茶几上，安靜地坐在旁邊的椅子上。

不久，哥哥也從房間走了出來。

「好了。」他也交出了「博士論文」，坐在我的更旁邊。

接著，妹妹也寫完了「博士論文」，交出來，坐到哥哥的更旁邊。

我們就這樣四座雕像似的一直沉默地坐著，沒有人發出任何聲音，也沒有人敢隨便亂動。

直到爸爸修好汽車從門外走進來。

他興高采烈地說：「我保證汽車以後……」

爸爸顯然有點狀況外，不過話還沒說完，他立刻察覺情勢不對。爸爸很快閉上嘴巴，安靜地坐在媽媽的另外一邊。

我曾在雜誌上看過義大利有個龐貝城，火山爆發時的岩漿把人活埋成雕像，生動地保留了當年生活的風貌。我在想，這時候如果台北也同樣被岩漿掩埋了，多年以後，有人挖出這五座雕像，我敢打賭就算他們想破頭了，也猜不到我們之間到底發生了什麼事。

過了大概有一百年那麼久吧。爸爸似乎理解到他必須有所作為，於是他清了清喉嚨，打破了沉默。

爸爸說：「你們知道事情為什麼會搞成這樣嗎？」

妹妹搖搖頭，我也跟著搖頭。

「你呢，大潘？你是哥哥，你知道為什麼嗎？」

哥哥看了媽媽一眼，又想了一下，終於說：「因為我們拐彎抹角。」

爸爸點了點頭，顯然那樣的官方說法成了無可爭辯的真理。接著他又問：

「你知道我最氣你們什麼嗎？」

我們三個人同時都搖頭。沒有人知道爸爸葫蘆裡賣什麼膏藥。爸爸沒說什麼，他起身走到廚房去，拉開櫥櫃，抓了一大把筷子，走回我們面前。爸爸拿出一支筷子遞給哥哥。

「你把它折斷。」

哥哥有點猶豫地說：「那可是我們去年去杭州玩時買的竹筷。」

「我說折斷。」

哥哥有點無奈地站起來，啪的一聲，把筷子折斷了。爸爸笑了笑，也發給我一支。

他說：「小潘？」

天啊！「爸，」我皺著一張臉說：「這個教訓我早在課本已經讀過了。」

「你不親自體驗，」爸爸板起了臉孔說：「怎麼會有感受呢？」

我看了爸爸一眼，也站了起來，心不甘情不願地接過筷子，啪的一聲把它折斷了。

爸爸又胸有成竹地笑了笑。依照劇本妹妹也該折斷一支筷子，可是她的力氣不夠。這有點麻煩，如果連第一根筷子都折不斷，那後來很多根筷子的「團結」也就沒有什麼可以對照了。為了讓爸爸的故事順利進行，避免節外生枝，我接手妹妹的筷子，趕快替她折斷。

爸爸問：「這代表什麼呢？」

我很賣力地配合演出：「一個人的力量是有限的。」

很好。接著是兩根筷子。啪！——哥哥折斷了。我花了一些力氣，不過也折斷了。

「兩根筷子比較不容易了吧，」爸爸問：「這又代表什麼呢？」

「兩個人力量比一個人大。」顯然不是什麼有創意的劇情。

「很好，現在試試三根筷子。假設這三根筷子就是你們三個人。我們看看三個人團結起來會怎麼樣？」

我們三個人？妹妹、哥哥和我面面相覷。

「小潘先來。」爸爸把三根筷子遞給我。

我接過筷子，裝模作樣扭了一會，露出甘敗下風的表情，把筷子還給爸爸。

「三個人團結起來果然不一樣了吧？」爸爸接下我的筷子，得意地把它遞給哥哥，「大潘？」

哥哥接過筷子，看了一眼。他問爸爸：「真的用力？」

爸爸點點頭。

「可是這代表我們三個人……」

「你別管那麼多，你儘管用力……」

爸爸還沒說完，只聽見啪的一聲，三支筷子已經斷成六段了。

完蛋了。我們三個人。我必須很忍耐才能不笑出來。原來有些事，就算團結也是無可奈何的。

哥哥大概沒有想到他有那麼大的力氣，他吐了吐舌頭，無辜又難堪地站著。爸爸現在笑不出來了。他有點賭氣地又抓出了六支筷子說：「再試看看？」加上原來折斷的九根，已經十五根筷子了。更何況裡面還有我最心愛的檀香木雕刻的十二生肖筷子。

哥哥求饒似地看著爸爸說：「爸，拜託不要再折了啦，筷子真的很無辜。」

「筷子無辜什麼呢？不行，」爸爸搖搖頭，「今天一定要讓你們見識到什麼才是真正的『團結力量大』。」

「爸，不要再折筷子了，」我附和著說：「我們已經學到教訓了。」

「爸，」妹妹也拉著爸爸的衣角說：「我們真的得到教訓了。」

「你們得到什麼教訓呢？」爸爸問。

妹妹一馬當先，她說：「如果我們不聽爸爸媽媽的話，筷子會被折光光！」

我和哥哥聽得差點跌倒。趕緊把她拉到一邊去，附在耳邊面授機宜。之後我又對哥哥一番耳語，哥哥也頻頻點頭。

「爸爸，我們已經商量好了。我們今天得到的教訓是——」我轉過身，像合唱團指揮一樣，指揮大家一起說：「團結力量大。」

爸爸總算又笑了出來。他很有成就感地瞄了媽媽一眼。

「既然你們已經知道『團結力量大』的道理了，」他看了看手錶，慈祥和藹地說：「現在九點多，我再給你們一個機會。你們三個兄妹重新再商量一遍，看看今天晚上要看什麼DVD？」

妹妹一聽說又可以看DVD了，立刻興奮的說：

「耶，我要看小美人……」她才說到一半，就被哥哥摀住嘴巴。

「團結力量大，」哥哥小聲地暗示她，眼神不斷地瞟向爸爸，又瞟向媽媽，「懂嗎？」

直到妹妹點點頭，哥哥才放開手。

「現在我們該怎麼辦？」她問。

「我們看媽媽郵購的DVD，」我小聲地跟她說：「團結力量大。」

妹妹很理解地又點點頭。

哥哥代表大家走到碟櫃前。他站在郵購DVD前猶豫了一會兒。最後我看見他閉著眼睛，從其中抽出了一張。

「今天晚上看這張DVD如何？」他把碟片拿過來。

封面上是一個穿著破爛衣服的小孩坐在破舊的桌前寫功課，光線很昏暗，他的媽媽病倒在床上，爸爸看起來顯然是瞎子，在這麼惡劣的環境之下，小孩還是努力上進，最後終於獲得了成功之類的吧……這種可憐加上可悲，卻又奮發向上的劇情，媽媽應該很滿意才對。

我點了點頭。妹妹根本沒看，也點了點頭。於是我們在爸爸面前排成一排，面帶微笑把ＤＶＤ交給爸爸。

「商量好了，今天晚上我們看這個。」

「為什麼要看這個呢？」爸爸問。

「因為……」我看著媽媽，正不知道該如何往下說時，哥哥搶著說：「因為這種電影的水準很高。」

「真的？」

我們三個人都點點頭。

現在爸爸的處置告一段落，他轉身把ＤＶＤ拿給一直不說話的媽媽。

「小孩決定好了，」他說：「他們決定要看這一部電影。」

媽媽看了一眼ＤＶＤ，又看了看我們，態度似乎有點軟化了。

「這部ＤＶＤ，」她問：「是你們真心想看？」

我們三個人都點頭。

「你們三個人都一致同意？」

我們三個人又點頭。

「你們都高高興興……」

我們三個人連忙面露微笑說：「我們都高高興興。」

聽到這裡，連媽媽都笑了出來。

「好吧，那就看這一部。」媽媽把ＤＶＤ交還爸爸，又把茶几上的「博士論文」發還給我們，她終於站了起來，「等我先去洗把臉、換個衣服之後再開始播放吧。你們也都去整理一下吧！」說完她逕自走回房間裡去了。

現在我們三個人手裡一個人拿著一張「博士論文」。我看著「博士論文」上面密密麻麻的字：

我最氣人家拐彎抹角了

我最氣人家拐彎抹角了

我最氣人家拐彎抹角了

…………

忽然有一種很荒謬的感覺。搞了大半天，連我自己也不知該怎麼形容才好。

「唉。」我輕輕地嘆了一口氣。

「趕快去擦把臉，換套衣服吧，」爸爸說：「還在那裡發什麼呆呢？」

4

九點四十分，媽媽洗好臉，換好衣服，我們全家終於坐在電視機前面。好好的一個週末晚上。

爸爸按下了ＤＶＤ播放鍵。就這樣，我們總算一致同意，並且真心喜歡，高高興興地開始享受今天晚上的ＤＶＤ了。

生日禮物

我讓球鞋前端一開一闔，並且撿起地上石頭，
往空中一丟，接著我翹起腳尖，
讓鞋口張得大大的，對準石頭——
不偏不倚，石頭果然就掉進鱷魚的嘴巴裡去了。

1

事情是這樣開始的。

那天放學，我想像自己是貝克漢，邊走路邊踢著石頭回家。走了沒多遠，正好看見一叢枝葉從學校圍牆裡面伸出來，就在我的頭頂上。

我停下來打量了樹葉一會兒。忽然我靈機一動，開始想，其實我可以改當飛人「喬丹」的。

接著我後退幾步，開始助跑……

同一個時間，妹妹已經回到家了。媽媽正使用吸塵器拖地，抱怨吸塵器又笨又重……

（當然，這些對話是我後來才知道的。）

妹妹提議說：「媽，我在電視購物上看到一台『可背式吸塵器』，背著走來走去，這裡吸一下，那裡吸一下，看起來好像不錯。」

說完妹妹去打開電視機，轉了幾個購物頻道，果然就有一個頻道在賣那種吸塵器。她們兩個人於是坐在電視機前看了一會兒。吸塵器似乎很熱賣，看著電視螢幕左下方不斷在減少的庫存數字以及電話號碼，妹妹說：

「妳要不要我幫妳打電話，叫電視台馬上送一台過來？」

「妳說的倒容易，妳爸爸每個月給我的家用才多少，」媽媽問：「吸塵器送過來誰付帳？」

「當然是爸爸付錢，」妹妹說：「妳的生日快到了，就當作是生日禮物嘛。」

「吸塵器，我才不要呢，這麼沒有行情！再說，買個吸塵器要妳爸爸付帳，我保證他一定又碎碎唸，唸個不停的。」

「有什麼好唸的？」

「他一定說：舊的明明好好的，為什麼要換新的？」媽媽沒好氣地說：「我太瞭解他了。」

同一個時間，我正在助跑，準備起跳，一點也感受不到任何災難的氣氛。

緊接著一陣助跑之後，我用力一跳，引身向上——

只聽見唰的一聲，樹葉四下飛濺，紛紛散落。

由於衝力太大了，落地時我有點煞車不住，又往前跨了兩步，正好踩進一攤水窪，被泥巴濺得一身。

儘管有一點小瑕疵，不過我並不介意。我想像自己是剛完成高難度灌籃的飛人「喬丹」站在球場中央，繽紛的落葉像是觀眾綿延不絕的讚歎和掌聲，一波接著一波，綿延不絕。

就在這個令人陶醉的時刻，一陣高八度的嗓音忽然在我耳邊響起。

「哎喲，小潘，怎麼搞成這副德行？」

我抬頭一看，原來是莉莉阿姨。莉莉阿姨和她先生都是媽媽和爸爸的朋友。不曉得為什麼，同樣都是家庭主婦，我的媽媽忙個半死，可是莉莉阿姨永遠閒閒的模樣，整天瞎拚（shopping）、辦讀書會、看畫展，再不然就當「愛心媽媽」，兼包打聽。

「莉莉阿姨好。」我說。

莉莉阿姨連忙從皮包裡掏出一條印著Chanel的絲質手帕來，在我臉上擦了半天。

「吶，身上、腳上還有，」她把手帕交給我，「你自己擦擦。」

直到看到手帕上的泥巴，我才知道自己有多髒。擦完身上、腳上的泥巴，我把手帕還給莉莉阿姨。

「噢喲，」打扮得光鮮亮麗的莉莉阿姨嫌惡地看了看手帕說：「你幫莉莉阿姨保管，順便清洗一下，請媽媽下次讀書會的時候帶來給我，好不好？」

「噢。」

就在媽媽說著「我太瞭解他了」的時候，爸爸回家了。

他打開門，走了進來，無辜地問：

「什麼事討論得這麼熱烈？」

你一定猜得到這時候妹妹心裡在盤算什麼。她看了看媽媽，又看了看電視，接著妹妹不動聲色地指著電視螢幕，用一種天真無邪的語氣說：

「媽媽看上了電視購物頻道裡面的『可背式』吸塵器，現在只等你點頭。」

他們全在電視前站了一會兒。螢幕上是一個銷售員正亢奮地吹噓著吸塵器多麼厲害。他不斷地強調，這樣的折扣空前絕後，錯過不再。左下角的庫存果然也隨著他的鼓吹數字愈來愈少。

爸爸露出一種不屑的表情，接著又做了一個「讓我想一想」的表情，又過了一會兒，才審慎地問：

「我們家的吸塵器壞掉了嗎？」

「沒有。」現在電視頻道又推出買吸塵器加送蒸氣熨斗的新方案了。庫存減少的速度愈來愈快。妹妹模仿電視上銷售員背著吸塵器的樣子說：「你看，電視上那一台吸塵器和家裡的一點都不一樣，它很輕，吸力又強，可以背著走來走去，還可以……」

妹妹說著，可是爸爸沒有在聽，他的視線從媽媽轉到妹妹，最後落到地上那台吸塵器。他皺了皺眉頭，果真說出了那句如假包換的千古名言：

「舊的明明好好的，為什麼要換新的？」

我本來想把那條髒兮兮的絲質手帕直接塞到口袋裡去的，可是莉莉阿姨說：「那條手帕不可以用洗衣機水洗。記得喔。」看到她那麼鄭重其事的樣子，我只好煞有介事地把手帕對摺，再對摺，把它很珍貴地放到口袋裡去。

除此之外，一切和往常都沒有什麼兩樣。我就這樣又走又跳，直到快接近家門口，才開始覺得右邊的球鞋怪怪的。

然後，不幸的事情發生了。我又走了兩、三步，低下頭看，還抬起腳來確認。沒錯，鞋底脫落了。每走一步，它就像鱷魚一樣張開大嘴巴，露出了裡面的白襪子，好像要吃人一樣。

鞋底脫落的球鞋看起來有點好笑，可惜我一點笑的心情也沒有。

我扳手指頭算了算，沒錯，才兩個月不到，一雙我答應起碼要穿一學期的球鞋就已經報銷了。

在爸爸說出那句如假包換的千古名言之後，媽媽沉默地開始收拾地上的吸塵器。她猛烈地拔掉插座上的插頭（「啪！」的一聲），按下電線回收（「唰唰唰」刺耳的聲響）。接著媽媽又動手拆掉吸塵器前面的象鼻子（「碰！」的聲響），一手提吸管，一手拖著吸塵器到置物櫃前（「隆隆隆隆……」），打開門，把它們全丟進裡面（「嘩啦啦……」），最後她用力地關上了門（「轟！」的一聲）。

再笨的人都知道苗頭不對。

媽媽抬起頭來，用一種譏諷的表情說：「我就說妳爸爸一定碎碎唸的。」

「我哪有碎碎唸，」爸爸一臉無辜的表情說：「我只是問：買了新的吸塵器，舊的怎麼辦？」

媽媽面無表情地繼續她的攻勢，她說：

「妳爸爸這個人，說得難聽一點就是把錢看得比什麼都還重。」

「妳怎麼這麼說話呢？」爸爸說：「如果全家只有我一個人賺錢，大家拚命花錢，再多的錢也不夠花啊！」

「你先別說別人花錢，」媽媽以攻擊代替防衛，她說：「我看你自己才是『不花則已，一花驚人』。」

「我哪有『一花驚人』？」爸爸問。

「怎麼沒有呢？數位相機，還有筆記型電腦，是誰說要換的？」
「那是工作需要啊。」
「好，你再說看看，投資股票虧掉的錢，也是工作需要嗎？」
「那不是亂花錢，那是投資，投資本來就有盈虧……」
「我才不管你是投資或者怎樣啦，反正錢就是平白消失了。」
情勢不妙，氣氛愈來愈差，熱度節節高升。爸爸正在深呼吸。沒有人說話。
就在這個時候，門鈴響了。妹妹一馬當先去打開大門。
「我回來了！」門打開，我興高采烈地衝了進來。
沒有人跟我打招呼。或許覺得氣氛太低迷了吧，我高抬右腳，一點也沒有注意到正對我擠眉毛弄眼睛的妹妹。
「我的Nike球鞋壞掉了，」我無知地大嚷著：「我要買新鞋。」
大家都看著我。我還在傻笑，一點也不知道自己已經無可抵賴地成了全家的頭號公敵。

2

【爸爸】

你看，整個消費社會的問題就是這樣。

為了滿足人類無窮無盡的慾望，工廠不斷地生產，製造東西，再用更多的廣告，刺激消費，讓明明舊的還沒壞，就急著買新的東西。惡性循環，工廠繼續生產，消耗掉更多資源，污染地球環境。

可憐現在的小孩子，還沒能力賺錢就已經養成了享受的胃口。將來長大，銀行又鼓勵他們借錢，明明只有五百元的能力，偏偏要借錢消費一千元的東西，最後整個社會全都完蛋了，大家全變成錢和慾望的奴隸，嘰嘰呱呱哇啦哇啦，唏哩嘩啦……

【媽媽】

媽媽沒有說話。她只是狠狠地瞪了我一眼，意味深遠的一眼，然後就離開了客廳，走進廚房去。

現在客廳只剩下妹妹和我。

「我的球鞋怎麼辦？」我問。

沒有人回答。

「都是你，」妹妹怨怨地說：「把事情全搞砸了。」

「我？」

「你知不知道再過幾天就是媽媽的生日了？」

她把嘴巴附在我的耳朵旁邊，呱啦呱啦一陣耳語，講完之後，眼睛骨碌骨碌地轉著，不知打著什麼主意。過了不久，妹妹咚咚咚地到爸爸書房門口，敲門。

「誰啊？」

「我，」妹妹說：「我要跟你說一個秘密。」

爸爸打開門，讓妹妹走了進去。

不久，他們兩個人同時從房間出來，回到客廳。妹妹打開電視，他們兩個人就站在螢光幕前，又看了半天。

【補充說明】

基本上，我們家由爸爸負責賺錢，媽媽家用的錢按月從爸爸那裡得來，我們的零用錢再從媽媽那裡拿到。因此，除了學雜費、補習費等「重大」支出外，我們平時的「日常」支出一概都向媽媽要。

這樣規定雖然很清楚，不過碰到像是「可背式吸塵器」應該算是「日常」支出，或者是「重大」支出，就有一點麻煩了。當然更不用說像我穿壞球鞋這種三不管地帶的「意外」了……

接下來的晚飯安靜得有點過分。吃到一半的時候，爸爸放下筷子，鄭重地宣布：「我剛剛和妹妹看了一下電視購物頻道，我們覺得那台吸塵器其實還不錯。」

「你不要相信電視購物，」哥哥說：「說穿了還不是在騙錢，我有一個同學……」

一聽苗頭不對，我立刻伸腳去踩哥哥的腳，沒想到我踩到的是妹妹的腳——而妹妹的腳早已經踩在哥哥的腳上了。

我們三個人同時發出了一聲叫聲。

媽媽看我們一眼，酸溜溜地說：「省一點吧，買什麼吸塵器呢，反正家裡有個全自動老媽子，累死了也不花什麼錢的。」

眼看有點下不了台，爸爸連忙辯解說：「節省是沒有錯啦，不過該省的要省，該花的也要花才對。」

「怎麼忽然變得這麼慷慨了？」

「原則上節省當然是這樣沒錯啦，」爸爸抓了抓頭，陪著笑臉說：「不過如果是生日禮物的話，那另當別論。」

「對啊，」妹妹也附和著：「爸爸剛剛已經親自打過電話了，新的吸塵器明天就會送過來。」

「我什麼時候要過生日禮物了？」

「可是後天是妳生日啊。」爸爸說。

媽媽沒說什麼，看不出到底是什麼心情。她低下頭，扒了一口飯，細嚼慢嚥。之後又扒了一口……就這樣安靜地把飯吃完。

最後，她抬起頭來，激動地說：

「我的生日禮物才不稀罕什麼吸——塵——器。」媽媽站起身來，用一種跌破所有人眼鏡的姿態離開餐桌，走進房間裡去了。

大家都不說話。

「妳不是說媽媽想要吸塵器的嗎？」爸爸沒好氣地問。

「或許她沒有說要吸塵器當生日禮物吧，」妹妹抓了抓頭，一臉無辜的表情說：「可是我說要買吸塵器的時候，她也沒有反對。」

她安靜地扒光了飯碗裡的最後兩口飯，畏罪潛逃了。接著哥哥也吃完了飯，先知似地嘆了一口氣，起身離開了飯桌。最後只剩下爸爸和我了。雖然我也很想像大家找個優雅的姿勢落跑，可是整頓飯都是關於吸塵器的討論，我球鞋的問題還是沒有解決。

我就這樣忐忑不安地扒著飯，撐了一會兒，眼看爸爸也快吃完了，我說：

「爸，我的球鞋壞掉了。」

沒有人理我。

我又問：「以後我要上體育課怎麼辦？」

爸爸總算轉過臉來看我了。他問：「當初買鞋的時候，你答應我要穿多久的？」

「一個學期。」

「現在過了多久？」

我低下頭。

「別人一雙球鞋可以穿一個學期，為什麼你一、兩個月就要換一雙？」

我搖搖頭，真不知道別人為什麼可以穿那麼久。

「說話啊，」爸爸問：「為什麼？」

我試圖轉換氣氛，我說：「爸，我知道我的球鞋壞了，可是……」

「可是什麼？」

「我，」我暗示說：「下個月生日。」

「你什麼？」

「你剛剛不是說，如果是生日的話，可以另當別論……」

一提到生日爸爸立刻火冒三丈，他打斷我，他說：「你答應我的事做不到，為什麼我還要給你買生日禮物？反正下學期開學前我不會再給你買新鞋子了。」他拍了一下桌子，碗、筷子全都跳起來了，「你要是想來生日禮物這套，去找你媽媽要錢，別找我！」

「要是媽媽不給呢？」

「那不關我的事，你們這些小孩一生下來就沒有窮過，從來不知道賺錢的辛苦，就是要讓你窮看看……」

我有一種感覺，今天晚上大家都是氣球，而我就是那根針。現在爸爸的氣球被我戳破了，他肚子裡面的氣就這樣嘰嘰呱呱哇啦哇啦，唏哩嘩啦……一直吹個不停。

收拾好餐桌之後，所有人都在房間裡。

我在廚房抽屜找到一捲膠帶，並且拿出球鞋，用膠帶把鞋底和鞋面牢牢地纏繞了二十圈。我穿著球鞋試走了幾步，情況似乎還不錯。

把膠帶拿回廚房，經過媽媽房間時，我停了下來。我伸出手，本想敲門，跟她談談買球鞋的可行性，可是媽媽的房間暗暗的。

我站在那裡想了一下，終於還是放棄了。

3

結果球鞋只從家裡撐到學校，綑了二十圈的膠帶像甜甜圈一樣，從球鞋前端脫落下來。我不死心，第一節下課就跑去向保健室的阿姨要了膠帶重新纏繞，這次更慘，球鞋只從保健室撐到教室。

到第二節下課，我的破球鞋已經成了班上頭條「娛樂新聞」了。大家都跑來參觀，並且指指點點，好像那真的是很值得研究的問題一樣。

「哈哈，」莊討厭說：「小潘的球鞋變成開口笑了。」

「少土了，」我白了他一眼說：「那才不是開口笑。那是鱷魚。」

「那怎麼可能是鱷魚？」

「怎麼不是鱷魚呢？」

為了證明我說的話不假，我舉起腳，裝模作樣地說：

「我是一隻饑餓的鱷魚——」

我讓球鞋前端一開一闔，並且撿起地上石頭，往空中一丟，接著我翹起腳尖，讓鞋口張得大大的，對準石頭——

不偏不倚，石頭果然就掉進鱷魚的嘴巴裡去了。

這一手（或者說這一腳），讓莊討厭眼睛睜得大大的。

「啊嗯，啊嗯……」配合我的音效，鱷魚的下巴不停地咀嚼著，「好好吃喔。」

我又讓鱷魚把石頭從嘴巴吐出來，像 Discovery 頻道一樣，讓鱷魚以各種不同的姿勢接近獵物，然後把獵物一口吃掉。

「太厲害了！」莊討厭不由自主地拍起手來，就這樣被我唬得一愣一愣的，到處去宣揚他看到的奇蹟。

看著莊討厭的背影，我忽然想起某個先聖先賢曾說過的諺語，大意是：「即使穿了體面的鞋，笨蛋還是笨蛋。」之類的話。這樣想時，感覺忽然變得好多了。

唯一的麻煩是愈來愈多的人跑來參觀我的表演，每一節下課我都忙得不得了。我敢對天發誓，每次表演，我都是一千個一萬個不願意的。儘管我聲明再三，這是最後一次了，他們也同意，可是之後還是會有人要求「再來一次」。

「拜託啦，求求你啦。」

直到我真的覺得煩了。

「我又沒有好處，」我說：「為什麼要表演？」

「好吧，如果你要的是好處的話，」王大胖一邊吃著熱狗，一邊丟了一個十塊錢的硬幣在地上，興致勃勃地說：「把它吃掉吧。」

根本就是侮辱人嘛！我記得《老人與海》的作者海明威先生曾經說過：「人可以被毀滅，但是無法被戰勝。」我不斷地告訴自己，小潘才不可能這麼輕易就出賣自己的人格和尊嚴……

然而，錢的誘惑實在太大了，掙扎了沒多久，我決定不相信自己的話。

（實在很難有人能抗拒王大胖的蠢錢。有一次他心血來潮，向大家宣布：凡是叫他爸爸的人，都可以領到十塊錢。全班所有的小朋友都領到了十塊錢，只有我是例外：我一共叫了兩次，因此領到二十塊錢。）

我的表演廣受歡迎。在大家的慫恿和鼓動之下故事的情節不但愈變愈誇張，主角也由鱷魚演變到成了更兇猛殘忍的「迅猛龍」。

「獅子、斑馬、長頸鹿、犀牛、鱷魚、河馬……」我還加上唱腔，裝出陶醉又自大的樣子說：「樣樣吃。啊嗯，啊嗯……」

我一點也不曉得自己到底在幹什麼，我根本不想表演這個的，然而虛榮心卻讓我無可克制地把它愈搞愈大。

快放學了，妹妹也來了，興致勃勃地加入了觀眾的行列。

這大概是我今天的第一萬次表演吧，表演完畢，觀眾拍拍手，妹妹似乎也以我為榮。正當我陶醉在掌聲中，忽然有一個高八度的嗓音打斷了我。

「小潘！你在幹什麼？」

我回頭一看，嚇了一大跳，竟然是莉莉阿姨。好不容易吞進去的十塊錢當場吐了出來。一看到錢跑出來，我想伸腳過去踩，已經來不及了。

莉莉阿姨看看錢，又看看我。「這到底是怎麼一回事？」

圍觀觀眾眼見苗頭不對，統統一哄而散，只剩下妹妹。

「他的球鞋壞掉了，」她好心地替我辯護：「現在他必須自己賺錢。」

「球鞋壞掉為什麼不找爸爸媽媽買呢？」

妹妹說：「我看最好不要。」

「為什麼？」

「昨天媽媽才說要買吸塵器，爸爸就不高興了，說什麼：所有人都在花錢，只有他一個人賺錢，再多的錢也不夠花。結果媽媽就說根本沒有人在花錢，都是爸爸一個人買股票虧太多錢了。然後就這樣，咻，碰——然後世界大戰爆發了！」

「天作不合。」我補充說明。

莉莉阿姨邊聽邊皺起了眉頭，她輕輕地點著頭，似乎表示完全可以理解我的處境。她又問：

「後來呢？」

「爸爸知道明天是媽媽生日，改口說吸塵器可以當生日禮物。可是媽媽又不肯。」

「等一下，」莉莉阿姨一臉不可思議的表情問：「妳爸爸真要買『吸塵器』給妳媽媽當生日禮物？」

妹妹點點頭。莉莉阿姨又看了看我，我也點點頭。

「這太離譜了。」她一副同仇敵愾的表情。

妹妹不放心地說：「妳可別告訴媽媽是我說的喔。」

「你們趕快回家吧。」她邊說邊拿起手機撥電話。

於是我們和莉莉阿姨告別。趁著莉莉阿姨沒注意，我撿起了地上的硬幣放到口袋裡。走沒多遠回頭，我就看見莉莉阿姨正拿著手機講電話。我相信那一定是在和媽媽講話，因為她用著很大的聲音說：

「開玩笑！一台破吸塵器就想打發！好不容易過生日，怎麼可以這麼委屈？再怎麼說，最起碼也要敲他一套香奈兒或者是一組ＬＶ包包才行。」

經過體育用品店時，我看見玻璃櫥窗裡面擺著各式各樣的球鞋，忍不住停了下來。我趴在玻璃上看，妹妹也趴在玻璃上看。有一款正在促銷的氣墊鞋，原價一千四百元，打了七五折之後剩一千零五十元。

「上學期鞋子剛出來時，還賣到兩千多元呢。」我說。

妹妹點點頭。她問：「現在你有多少錢？」

我從口袋掏出硬幣，數給她看，一、二、三、四。就這麼多。

妹妹不曉得是在安慰我還是開玩笑，淡淡的說：

「再演出一百零一次，錢就夠了。」

聽完我也不知道該說什麼，只能勉強擠出了一個「是喔，謝謝妳」的苦笑。

繼續走在回家的路上，經過便利商店，我開始想，何不試試強力膠呢？於是走進了店裡面。

我在貨架發現一款強力膠，說明上寫著它可以黏住包括塑膠、皮革……各式各樣最難黏的東西，而且只賣四十元。我摸了摸口袋的錢，想起櫥窗裡那雙一千零五十元的球鞋。我沒有猶豫很久就決定把強力膠買了下來。

走出商店時天空下起了毛毛雨，我和妹妹連忙奔跑回家。

一整天的表演下來，我的球鞋嘴巴張得更大了。雨愈下愈大，雨水沿著鞋面的側邊，滲進襪子裡，弄得腳趾頭到處濕濕涼涼的。這時候，莫名其妙地，腦海裡忽然浮現爸爸說「就是要讓你窮看看」時，臉上的表情。

一邊跑我一邊想：會不會「窮」的滋味就是這樣？

4

回到家時，媽媽還在和莉莉阿姨講電話。一看到我們淋得像落湯雞，她立刻掛斷電話，從浴室拿出大毛巾，先在妹妹身上擦了又擦，之後又在我的身上擦了半天。

「你的錢呢？」媽媽一邊擦一邊問。

「什麼錢？」

「莉莉阿姨說剛剛看到你在街頭賣藝賺錢。」

「噢，那個錢。」我從口袋裡掏出了那罐強力膠，我說：「買了這個。」

媽媽把我擦乾淨了，接過那條強力膠。

「多少錢？」她問。

「四十塊錢。」

「你的球鞋呢？」她說：「拿來我看看。」

我到鞋櫃去把球鞋拎來。媽媽低頭看了一眼球鞋，嘆氣說：

「你就是太不會愛惜東西了。」媽媽說：「你跟你爸爸說過要買新鞋了嗎？」

我點點頭。開始把昨天晚餐跟爸爸的對話一五一十地向媽媽詳細報告。媽媽一邊聽一邊皺眉頭，直到我提到爸爸說「你要是想來生日禮物這套，去找你媽媽要錢，別找我。」的對白時，她才開口：「他真的那樣說？」

我點點頭。

看得出來媽媽很不高興，可是她沒說什麼，只是走進房間去拿了四十塊錢硬幣出來。

「小潘，明天就把錢拿去還給同學。」她把錢交給我，「所謂的『人窮志不窮』，更何況，你爸爸有正當工作，我們家從來沒有欠別人錢，我們一點也不窮。知道嗎？」

「噢。」

我其實可以回答「知道」，也可以回答「不知道」，可是我卻回答「噢」。一方面，爸爸說要我們「窮看看」，好像那是很稀有、崇高的情操。可是另一方面，媽媽一提到「窮」卻又表現得像是避之唯恐不及的壞事一樣。我只能說「噢」，因為我真的不知道我到底「知道」還是「不知道」。

「那我的球鞋怎麼辦？」我問。

「等我跟你爸爸討論過後再說。」

一切都和平常的晚餐沒有什麼兩樣。咀嚼的聲音、碗筷碰撞的聲音、喝湯的聲音……哥哥試圖說了一個學校笑話，顯然沒有任何笑聲或者回應。餐桌上很快又恢復了沉默，沒有人提起媽媽生日禮物的事情，也沒有人提起我在學校發生的事情，更沒有人提起莉莉阿姨的電話。

忽然電鈴響了，我跑去開門。站在門外是一個年輕的送貨員，看起來不是很有自信的模樣。他說：

「請問，你們是不是打電話訂購了一台吸塵器？」

我看見爸爸站起來，可是卻是媽媽搶先走過去。她一臉嚴肅的表情說：「我們不需要吸塵器。」說完還把門關上。

一關上門，門鈴又響了。媽媽把門打開，還是那個送貨員。他看著送貨單，扭捏不安地說：

「對不起，請問你們這裡是不是有個何玟玟女士……」

「我就是。」

他指著送貨單說：「這上面明明寫著……」

「我說我們不需要吸塵器。」

「可是——」

「我說不需要，」媽媽打斷他，大聲說：「就是——不——需——要！你到底聽到了沒有？」

送貨員有點愣住了，他大概過了幾秒鐘才回過神來。

「對……對不起。」他一直點頭，試圖控制場面，「我再回公司查查看……」

送貨員一手拿著送貨單，另一手夾著吸塵器紙箱，慌慌張張地往後退，直到撞到了背後的牆，發出了很大的聲響。

「再見。」媽媽說。

媽媽關上門，又走回餐廳，一言不發地坐到餐桌前，繼續吃飯。

沒有人說話，也沒有人笑。安靜極了。

晚餐之後不久，風暴在客廳正式登場。

我本來在房間裡面用強力膠黏貼鞋底。妹妹跑進房間來問明天媽媽生日，我們送什麼禮物。我說我都自身難保了，哪有錢買禮物，我問她有沒有錢，她搖搖頭。於是我們一起去哥哥的房間。結果哥哥也沒有錢，他建議我們可以在電腦上製作生日卡片，畫上任何想送給媽媽的禮物送給媽媽。

我們都覺得這個主意不錯。

風暴就在我們在哥哥房間製作卡片時開始了。隔著房間，起先他們還壓抑著聲音，漸漸聲音愈來愈大。

「小孩整天穿一雙開口笑在學校丟人現眼，你知不知道？」媽媽問。

「他不怕丟臉，那是他的事，」爸爸說：「反正一雙鞋穿不到一個學期，我是絕對不會給他再買新鞋的。」

「怎麼說是他的事呢？兒子在學校街頭賣藝，賺錢買鞋子，莉莉都打電話到家裡來關切了。」

「這是原則問題。現代的小孩好命慣了，動不動就把球鞋穿壞，你不給他一點壓力，他根本不可能學會節儉。」

「你不給他球鞋，叫他上體育課怎麼辦？」

「有什麼好怎麼辦？我小時候在鄉下，上體育課哪有什麼球鞋？小孩子誰不是赤腳上課。」

「都什麼時代了，你怎麼可以這樣比？你是爸爸，本來就要負責賺錢，他是小孩子，小孩好動把球鞋穿壞了，是很自然的事啊。」

「小孩浪費錢，妳說很自然，我天天辛苦賺錢，卻被妳嫌東嫌西，這樣公平嗎？」

「我每天在家裡免費給你們買菜、煮飯、洗衣、拖地……不但沒人感激，花錢又要被你嚕嗦，這又算什麼公平？」

「怎麼辦？」妹妹憂心忡忡地看了我一眼。

哥哥正從網路上找到好幾套香奈兒套裝的圖片，還有LV，Prada, Gucci……各式名牌包包，並且一一複製、轉貼。

我沒有說話，看著哥哥。哥哥也沒有說話，看著電腦。說真的，現在我真的很後悔那麼快就把鞋子穿壞。

哥哥貼好了禮物，由妹妹接手，在手寫板上畫圖。客廳的戰火一點止息的意思都沒有，戰況由我的新鞋子，延伸到了媽媽的生日禮物。

「妳搞清楚，」爸爸說：「生日禮物我可是送了，是妳自己不要的。」

「法律有規定你送什麼我都得照單全收嗎？」

「那妳到底想要怎樣嘛？」

「那種不情不願的禮物，我——才——不——要。」

「我哪有不情不願？」爸爸說。

「你要是心甘情願，怎麼會跟小潘說：『你要是想來生日禮物這套，去找你媽媽要錢，別找我。』什麼叫做『來生日禮物這套』？」

「現在談妳生日的事，拜託妳不要又把小潘的事扯進來好不好？」

「是你先把小潘的事扯進來的。」媽媽說。

「我哪有？」

「你先說送我生日禮物，之後又叫小潘找我要錢買球鞋，結果還不是一樣？早知道你那麼慷慨，我還不如自己花錢買吸塵器算了。」

「這有什麼差別？妳的錢最後還不是從我這裡拿的？」

「如果沒有差別，你為什麼不大方一點，統統自己出錢？」

「我不是說了嗎，這是原則問題。」

「你有你的原則，我也有我的原則啊。為什麼事事都要依照你的原則？」

妹妹皺著眉頭，在電腦上畫了爸爸，還有媽媽。她又畫了三個孩子，圍繞著爸爸媽媽，之後是很多疊在一起的心。大家臉上洋溢著笑容，彼此相親相愛。

「拜託妳理性一點好不好，」爸爸說：「我真的受夠了。」

「是你沒有人性吧？」媽媽說：「拜託，我也受夠了。」

「妳憑什麼說我沒人性？」

「要不然你為什麼說我沒理性？」

妹妹又畫了一棟大房子，把全家，還有所有的禮物，全都容納進去。畫面雖然沒有創意，不過看起來卻幸福而美好。

客廳裡的百年戰爭持續著，她看了看我，一臉苦笑，讓出位置，把電腦交給我。

「妳本來就不理性啊，否則為什麼要把送貨員趕走？」

「要我說幾次？那種爛生日禮物，」媽媽用更大的聲音嚷著，「我根——本——不——稀——罕。」

我坐在電腦前，想著媽媽生日的祝辭。

「親──愛──的──媽──媽，」我在電腦上打著：「在──這──個──舉──國──歡──騰，普──天──同──慶──的──日──子──裡──我──們──要……」

客廳爭吵的聲音分貝愈來愈高。

「妳別歇斯底里了，也別自怨自艾了，妳的生日到了，大家都很在乎妳，妳自己心裡有數。」爸爸說。

我想了一下，開始在卡片上打著：

「祝──妳──生──日──快──樂。我──們──每──個──人──真──的──都──很──愛──妳……」

「最好我是歇斯底里，最好我是自怨自艾，」媽媽大聲嚷著：「最好你們大家統統不在乎！」

我本來還要繼續打字的，可是客廳出現了一聲巨響，像是所有偉大的交響樂最後的終章一樣。

在那之後，爭吵的聲音戛然而止。

過了不知多久，電話響了。

大家都躲在自己的房間裡面避難，只有我跑出去接。客廳是暗的。剛剛發出巨響的那張高腳椅還躺在吧台旁的地板上。

「喂。」我說。

「小潘啊，」電話那頭說：「我是莉莉阿姨。」

「噢。我去叫媽媽。」

「不用，不用，你去叫爸爸來聽電話。」

奇怪了，我問：「妳要跟爸爸說話？」

「不是我，是Jeffrey 叔叔要跟你爸爸說話。」

「Jeffrey 叔叔，誰啊？」我問。

「Jeffrey 叔叔，你不記得了啊？」莉莉阿姨說：「我的老公，你爸爸的好朋友啊。」

對，我想起來了。我只是一直搞不懂，叔叔應該娶嬸嬸，阿姨應該嫁姨丈才對。莉莉阿姨的老公為什麼會變成Jeffrey叔叔？

「可是，」我說：「現在情況好像不太適合耶。」

莉莉阿姨說：「你爸和你媽吵架了，對不對？」

「咦，妳怎麼知道？」

「你爸爸當老公那麼不體貼，不吵才怪呢，」莉莉阿姨說：「你趕快去叫你爸爸來聽電話，就說莉莉阿姨請Jeffrey叔叔來救他了。」

「這樣好嗎？」我半信半疑地問。

「你去就是了嘛。」

我放下電話，去敲爸爸書房的門。門打開來，爸爸正拿著一本書，頭上還戴著耳機。他把耳機拿下來。

「莉莉阿姨電話找你。」

「莉莉阿姨，找我？」

「她叫我告訴你，她派Jeffrey叔叔來救你了。」

爸爸疑惑地放下隨身聽以及書本，尾隨我到客廳去，接起了電話。

「Jeffrey？嗯。對，嗯……是啊，明天，」爸爸拿著話筒，一臉無辜的表情說：

「嗯，我知道……嗯。平白無故的，我怎麼知道會變成這樣。」說著爸爸又嘆了一口氣說：「唉——」

嘆完氣之後，爸爸似乎注意到我還站在旁邊。

「等一下，」他一手摀住話筒，轉身過來神秘地對我說：「這是我們之間男人對男人的談話。」

說完他擺擺手，做了一個要小孩子離開的手勢。

5

隔天是假日，難得可以睡晚一點，沒想到一大早，大門口就有人按門鈴。

「誰啊？」

我睡眼惺忪接起對講機，意外地發現爸爸正穿著睡衣睡在沙發上。

「我啦，莉莉阿姨。」

一聽到莉莉阿姨，爸爸立刻從沙發跳了起來。

「等一下。」他抓著棉被，直奔房間門口，敲著門說：「開門啦，快點。莉莉來了。」

房間門打開來，露出了媽媽不懷好意的臉。「莉莉？」她看了一下錶說：「可是，我還沒刷牙洗臉啊。」

「總比我強啊。」爸爸看著自己一身睡衣，他的睡褲還破了一個洞。

他們兩個人就這樣比爛比了一會兒，最後總算是媽媽換衣服出去開門。

門打開來，莉莉阿姨笑臉盈盈地站在門口。她一身光鮮亮麗的打扮，孔雀開屏似的。

「現在來按電鈴，」媽媽說：「會不會太早點了？」

「不早不早，」莉莉阿姨說：「像今天這種百貨公司週年慶，店門一開不馬上衝進去，好東西早就被搶光了。」

莉莉阿姨脫鞋，從鞋櫃拿出拖鞋穿上，就像走進自家廚房那麼熟悉地走進客廳。她拍了拍沙發上被爸爸一夜躺出來的凹陷，自動坐了下來。

媽媽陪著也坐了下來。

「誰要去百貨公司買東西？」她問。

「當然是妳啊，我今天特地來帶妳去百貨公司好好瞎拚（shopping）一場。」

「我？等一下，」媽媽說：「我們有說好要去瞎拚嗎？」

「哎喲，今天妳生日，妳老公特別拜託我帶妳去瞎拚。買些香奈兒啦、Prada啦，慶祝慶祝。」

「別開玩笑了吧。」媽媽說。

「妳看我這一身，這麼一大早，像是在開玩笑嗎？」

看著莉莉阿姨，媽媽半信半疑地問：「有這麼好的事，我怎麼不知道？」

「就是不知道才叫驚喜啊，」莉莉阿姨說：「不信妳問妳老公。」

正好爸爸換好衣服，從房間裡面走了出來。莉莉阿姨故意提高聲音問：「George啊，你說是不是？」

爸爸有點靦腆，低著頭站在那裡沒說話，像做錯事情的學生。

「算了吧，全家就只有他一個人在賺錢，」媽媽說：「我沒那個心情，也沒那個命。」

「哎喲，做太太的每天做牛做馬，」莉莉阿姨說：「難得一年才有一次生日，怎麼可以不讓老公有個機會表現表現呢？」她轉身問爸爸：「對不對啊？George。」

「是啊。」爸爸說。

「既然如此，那麼我們就……」莉莉阿姨故意又問：「盡量買，隨便花囉？」

「當然。」爸爸沉痛地說。

「妳看，妳老公怕妳捨不得花，特別要我來陪妳……」莉莉阿姨說著，手機響了。她接起了手機說：「哎，別急，女人出門總要一點時間嘛，知道了，對啦，對啦……」她說著，又把手機交給爸爸：「Jeffrey 要跟你說話。」

爸爸接過了電話說：「Jeffrey 啊，辛苦了。」

趁著爸爸和 Jeffrey 叔叔呱啦呱啦地講著電話時，莉莉阿姨轉頭對媽媽說：「妳快去換衣服吧，Jeffrey 的車還在樓下等著呢。」

媽媽用幾乎聽不到的聲音問莉莉阿姨：「這——到——底——怎——麼——一——回——事？」

「一——切——包——在——我——身——上。」莉莉阿姨也用幾乎聽不見的聲音回答她。

等爸爸和 Jeffrey 叔叔講完電話，媽媽總算站了來，很勉強地走進房間更衣。

莉莉阿姨得意地對爸爸眨眼睛。她說：「等一下去買蛋糕，最好還有花。記得喔，氣氛，」她強調：「氣氛很重要，知不知道？」

我也不知道爸爸在想什麼。他看起來的確有那麼一點不情願，可是卻又不停地跟莉莉阿姨點頭說謝謝。

氣氛顯然比昨天晚上好多了，不過等待的滋味卻未必。

媽媽一共打了三通電話回來。第一通電話她一出門馬上就打來了，說她忘了帶購物袋。爸爸說：又不是去超級市場買菜，帶什麼購物袋？可是媽媽還是很堅持。於是爸爸找出了購物袋，請妹妹拿到樓下去。

第二通電話大約在中午打來，媽媽說她還要一些時間，要我們自己去吃中飯。吃完中飯，我們又去訂了蛋糕，還有鮮花，媽媽還在百貨公司裡。

除了哥哥躲回房間唸書外，我們三個人都在客廳裡。妹妹一直問：「媽媽什麼時候回來？」我則不停地安慰她：「買愈久，媽媽愈高興。」雖然妹妹表示很能理解，可是每隔不到五分鐘，她又要重問一次媽媽什麼時候回來。

時間拖得愈久，不安的氣氛愈明顯，最後連爸爸都站起來了。他走到酒吧台敲敲這個，又走回客廳敲敲那個。

媽媽的第三通電話打來時，已經下午三點多了。爸爸話筒一拿起來，我就聽見莉莉阿姨那熟悉的高八度嗓音。

「George啊，不得了了，」她的口氣像有人掉到水裡快淹死了一樣，「東西多到提不完，你趕快開車來百貨公司門口載吧。」

不管如何，事情有了進展大家還是很興奮。

我穿上昨天用強力膠黏好的球鞋，才下電梯，走出門，正要坐上爸爸的老爺車了，哥哥忽然大叫：

「啊，生日卡片。」

我也跟著大叫一聲，立刻跳下車，衝回家，俐落地從我的房間拿出那張列印好的生日卡片。我又重新穿好球鞋，才坐電梯到樓下，衝出家門一步，就聽到「吱」的一聲，接著右邊腳底透入一陣涼風。

完了，不用低下頭我就知道開口笑怪獸又出現了。

總之，我們全跳上了爸爸的老爺車。

天空不知什麼時候下起雨來。汽車慢慢靠近百貨公司時，遠遠就看見媽媽和莉莉阿姨在百貨公司轉角的屋簷下站成一排。雖然她們只有兩個人，可是我說一排一點也不誇張，真要更精確地形容的話，那一排依序應該是媽媽，紙袋，紙袋，莉莉阿姨，紙袋，紙袋，紙袋以及更多的紙袋。當然，所有的紙袋都是滿的。

爸爸示意我們下車去幫忙。他的汽車就停紅線旁，引擎還發動著。

不幸的是，我一跳下車，就踩到了一個水窪。哥哥一馬當先走在前面，拎起了媽媽身旁那兩個紙袋。我則「噗吱噗吱」地走在後面。正要拎莉莉阿姨身旁那些紙袋時，莉莉阿姨制止我說：

「喂喂，這是我買的，你留著等一下讓Jeffrey叔叔搬。」

看著哥哥手上那兩個紙袋，我不解地問：「不是說東西多到提不完嗎，怎麼只有兩袋？」

「嚇你爸爸的啦，」莉莉阿姨說：「你媽哪捨得啊。」

莉莉阿姨看我「噗吱噗吱」地在那裡走來走去，指著我的球鞋跟媽媽說：

「妳看，妳看，我昨天在電話上跟妳說的，就是這樣。」

媽媽皺著眉頭看我，一句話也沒說。

眼看雨勢變大，我們匆匆忙忙和莉莉阿姨告別，衝回車上。爸爸搖下車窗遠遠地對著莉莉阿姨揮手，莉莉阿姨和她那一排紙袋站在一起，也和我們揮手。

「怎麼樣，」爸爸得意地問：「今天還滿意嗎？」

沒有回答。

「生日禮物不是都買了嗎？」爸爸問：「又怎麼了？」

汽車又走了一會兒，媽媽才淡淡地說：

「我今天才知道，莉莉不用過生日都可以買得比我多。」

情況不太妙，氣氛也和預期的完全不一樣。雨愈下愈大。汽車一直往前走，車窗的雨刷唰呀唰地。

哥哥推了推我的手肘，我會意地拿出生日卡片，對媽媽說：

「媽媽，這是我們三個小孩送給妳的禮物。」

接過信封，媽媽含蓄地笑了笑。她打開卡片，一個字一個字地唸著：

親愛的媽媽，在這個舉國歡騰，普天同慶的日子裡，我們要祝妳生日快樂。雖然我們沒有錢買生日禮物，可是我們還是一起做了這張卡片，送給妳許多妳喜愛的東西。謝謝妳每天照顧我們，為我們買菜、煮飯、洗衣服、掃地，謝謝妳為我們做的一切的一切。我們真的都很愛妳。

唸到最後，媽媽眼眶紅紅的。我可以感覺到她的情緒激動，可是她只是很平靜地說：

「謝謝。」

汽車經過學校時在紅綠燈前面停了一會兒。等綠燈一亮，汽車才通過十字路口，媽媽忽然大叫：「停車！」

起初爸爸沒有聽懂，於是媽媽又用更大的音量叫了一次：

「停車！」

汽車緊急煞車終於停了下來。

「小潘，走，」媽媽指著前方不遠的體育用品店說：「我們去買球鞋。」

我說：「不用吧。」又不是我生日。

媽媽已經跳下車了，兇狠地瞪著我。

「下車！」她說。

我們冒雨衝出汽車，只花五分鐘，就完成了試穿、付帳以及包裝的所有必要的程序，買了那雙一千零五十元的促銷氣墊鞋，又冒雨衝了回來。

一進車內，爸爸的臉色不是很好看。

「今天是妳生日，又不是小孩子生日。」他說著，開動了汽車。

「你不是說盡量買，隨便花，只要高興就好嗎？」

「是啦。」

「這樣我高興。」媽媽說。

車內安靜了下來。車子又走了一會兒，在紅燈前停下來時忽然熄火了。爸爸重新發動引擎，賭氣似地自言自語說：

「要高興的話，那我也想換新車。」

我們三個小孩一聽到要換新車全都歡呼叫好，只有媽媽臉沉沉的，一句話也沒有說。

為了證明說到做到，引擎發動之後爸爸把汽車開上了大街。汽車繞呀繞地，雨愈下愈大。我們全趴著車窗上，看著路旁 Mercede-Benz、BMW、Lexus 各式各樣名牌汽車的展示店……起碼繞了半個小時吧，最後爸爸終於停了下來。

「等我一下。」他打開車門，冒雨衝進路旁一家彩券行，跟老闆比手畫腳不知說些什麼。

等爸爸全身濕答答地衝回來時，手上多了一張樂透彩券。

他興致勃勃地說：「等明天中了頭獎，真的就去換一部新車。」

雞兔同籠

哪有雞和兔子關在一起的？
根本就是胡扯嘛。
既然都看到雞和兔子有八個頭，
隨便數一數，答案不就出來了嗎？
雞頭和兔子頭有那麼難分嗎？白癡才去算腳。

1

PM 8:15

媽媽看完了這個禮拜的作文〈我的媽媽〉，抬起頭，嚴肅地說：

「小潘，我想我們得談談。」

「呃，」我面有難色地說：「那個喔……」

晚上八點多，我們全都在餐廳裡。餐桌已經收拾乾淨了，上面全是課本、考卷、讀書心得以及家庭聯絡簿。媽媽坐在餐桌前，我就坐在媽媽旁邊。

「你不喜歡數學我可以理解，可是你說我是『數學媽媽』，然後又說你的人生充滿矛盾和衝突。我不明白，我辛苦照顧你到這麼大，竟然讓你的人生充滿矛盾和衝突。」

喔喔，我心裡想，完蛋了。

「你有沒有想過，是你自己功課先拖拖拉拉，我才被你逼得不得不當『數學媽媽』的。我告訴你，不要說你不喜歡『數學媽媽』，我比你還要不喜歡當『數學媽媽』……」

【補充說明】

趁媽媽還沒嘮叨完之前，我想我有必要說明一下。

雖然我媽媽的數學並不是特別厲害，可是她總是讓我想起數學。好比說，檢查功課時，她常會皺著眉頭問：「這麼簡單的功課，為什麼寫這麼久還沒寫完？」

我說：「沒有啊。」

「哪裡沒有？」媽媽會說：「你去把所有的功課都給我拿出來。」

於是我把國語考卷一張、數學練習題十題、還有閱讀心得一篇都拿出來。然後媽媽的「數學計算」就上場了。

「你告訴我，寫一張國語考卷要花多久時間？」

「二十分鐘。」我看了媽媽一眼。

「算你二十五分鐘好了，」她說：「那數學呢，練習題一題要花你多久時間？」

我想了一下說：「三分鐘吧。」

「好，一題三分鐘，那麼十題是三十分鐘，外加一張國語考卷二十五分鐘，一共是五十五分鐘。那閱讀心得呢？寫一百五十個字的心得要多少時間？」

「二十分鐘。」我說。

「算你二十五分鐘好了。五十五分鐘加上二十五分鐘是八十分鐘，也就是一個小時二十分鐘。從放學四點到家，現在是六點半，一共有兩個小時又三十分鐘。兩個小時又三十分鐘減掉一個小時二十分鐘足足還有一個小時又十分鐘。」媽媽用著一種對付嫌犯的表情問我：「整整一個小時又十分鐘的時間不見了，你都在做什麼？」

「我有去喝水。」我想起來了。

「喝水算你三分鐘，還有一個小時又七分鐘？」

「呃，」我說：「我還有，去……小便。」

「小便兩分鐘，」媽媽說：「還有一個小時又五分鐘呢？」

「呃……」

「我說你這個孩子就是愛拖拖拉拉，不專心，愛發呆，」媽媽說：「否則你說，一個小時又五分鐘的時間，為什麼平白無故消失了呢？」

我低下頭，終於無話可說了。

這篇作文的內容大致上就是這樣。我很討厭數學，偏偏媽媽又是個標準的「數學媽媽」。其實不只是數學，還有英文、彈琴、游泳、跳繩……很多事情都是差不多。我當然很喜歡媽媽，可是這樣的感覺又很討厭，所以我說媽媽造成了我的人生最大的矛盾和衝突，其實也沒有太離譜。

好了，回到嘮叨現場。媽媽似乎並沒有任何停下來的意思。更糟糕的是，不管我怎麼解釋，回答什麼，結果都只招惹來更多的教訓。最後我只好停止辯解，改口說：

「媽，不要生氣啦……」

「你每次都要我不要生氣，不要這樣，不要那樣，你有沒有反省過自己？這個社會那麼競爭，你自己卻慢吞吞的，什麼都不負責任，什麼都跟不上，你不擔心我替你擔心啊，再這樣下去怎麼得了？怎麼辦……」

眼看這場大秀顯然沒有我的台詞，我只好閉嘴。

媽媽獨撐了一會兒，終於她安靜下來，不知想著什麼。

「這樣好了，」她深吸了一口氣，「如果你不檢討自己，那我檢討。」

「媽，別這樣啦。」

「你不喜歡『數學媽媽』，那我就不做『數學媽媽』。別以為我喜歡做『數學媽媽』，我也是不得已的，我告訴你，我可一點也不喜歡做『數學媽媽』，我恨透了你們不自動，恨透了我必須當『數學媽媽』……」

說著，媽媽丟下作文，拿起了我的數學習作。

說實在的，為了讓媽媽高興，我今天已經夠努力了。

除了她要求的游泳十圈外，學校的功課，包括國語考卷一張，作文訂簽，讀書心得以及數學十題，我都已經拚著老命寫完，只等著她訂簽了。我本來打算訂簽一結束，立刻趕去游泳的，如此一來，一定可以在媽媽規定的十點半之前準時上床。

（通常十點半之後訂簽任何功課，媽媽的脾氣會都變得很暴躁。）

現在只希望數學習作能夠平安過關。

誰想到翻了沒一會兒，媽媽又開始皺眉頭了。隨著她的眉頭愈皺愈緊，我的心跳也就愈跳愈快。最後，她終於忍無可忍了，媽媽說：

「籠子裡有雞和兔子，一共有六個頭，二十隻腳，請問籠子裡各有幾隻兔子幾隻雞。答案怎麼會變成三隻兔子三隻雞呢？」

「沒有錯啊。」我說。

「怎麼會沒錯？」媽媽問：「你算算看，一隻兔子四隻腳，一隻雞兩隻腳，三隻兔子加上三隻雞一共有幾隻腳呢？」

我掰了掰手指頭。

「咦？」我說：「怎麼只有十八隻腳？剛剛我算的時候明明有二十隻腳的。」

「你怎麼算的，算一次給我看。」

我拿起筆，想了一下說：「可是，我剛剛算的時候，真的有二十隻腳的。」

媽媽不以為然地說：「難道還真有兩隻腳不翼而飛不成？」

一時之間我的臉紅了起來，耳朵也變得熱熱脹脹的。

「你算看看啊。」媽媽說。

「我又沒有騙妳，我當初算，真的有二十隻腳。」

「我不要聽這些，你到底要不要算數學？」媽媽激動地說：「數學對就是對，錯就是錯。沒有什麼當初不當初的。」

我怨怨地說：「我又沒有說不算。」

「那你就算啊。」

我沉默地把六個頭，二十隻腳重新心算了一遍。

「四隻兔子，兩隻……」

還沒說完，媽媽又大驚小怪地聲張起來了。

「那這一題呢？」媽媽又指了另一題說：「籠子裡雞和兔子共有七個頭，其中一隻兔子只有三隻腳，籠子裡一共有二十三隻腳，問有幾隻兔子幾隻雞……你這答案根本不對嘛。」

老實說，這裡兩隻腳，那裡三隻腳，又是四隻腳的，我真的被搞得有點頭昏腦脹了。

「我看這類的題目你根本完全不會嘛。」

「我哪裡不會?」我拿起筆，看著題目，愈想愈光火，老大不情願地說：「這什麼低級的題目嘛，哪有兔子三隻腳的?」

「為什麼兔子不能有三隻腳?」

「至少我就沒看過。」我高抬下巴，用挑釁的眼光看著媽媽。

「好，我現在就讓你看。」媽媽不甘示弱地指著桌子說：「假設這裡有一隻兔子，幾隻腳?」

「四隻腳。」我說。

「接著，我拿出一把刀，用力一剁，」她把桌子弄出「碰」的一聲巨響，兇狠地說：「剁掉一隻腳，現在，兔子還剩幾隻腳?」

剁掉一隻腳，這算什麼?

「幾隻腳?」媽媽又問。

「三隻腳。」我心不甘情不願地說。

「就是這隻兔子三隻腳，」媽媽逼視著我，「關在籠子裡。」

我收斂目光，強忍著怒氣，低下頭，重新計算。算了沒多久，又聽到媽媽淒厲的聲音嚷著：

「還有這一題，籠子裡的雞和兔子共有八個頭，一共有二十二隻腳，問有幾隻兔子幾隻雞。答案怎麼會變成四隻兔子四隻雞呢？四隻兔子四隻雞有二十四隻腳，怎麼會多出兩隻腳呢？我看你根本一竅不通嘛，還要強辯……」

聽到這裡，我忍無可忍地說：「我才不管它雞幾隻腳，兔子幾隻腳，哪有雞和兔子關在一起的？根本就是胡扯嘛。」

「你到底要不要學數學？」

「既然都看到雞和兔子有八個頭，隨便數一數，答案不就出來了嗎？雞頭和兔子頭有那麼難分嗎？白癡才去算腳。」

媽媽可火大了，她說：「我從來沒有看過這樣的人，自己錯了不承認，不會又不想學，只會耍嘴皮子，你這樣子誰有辦法教你呢？」

「那妳不要罵人嘛。」

「是你在耍賴吧。」

「我哪有耍賴，是妳先變成數學媽媽的……」

「我？數學媽媽？」媽媽更生氣了，她說：「你到底要不要學？」

「我又沒有說不學……」

「你要學是這個態度嗎？」

最倒楣的是哥哥。他本來只是路過，沒想到被媽媽叫住了。

「大潘，你去書房請爸爸來。」

哥哥一時沒有反應過來。

「請爸爸來幹什麼？」

「我現在教不了小潘，投降了，」媽媽生氣地說：「你去給他另請高明。」

媽媽說完一個轉身，悻悻然地走出了餐廳。哥哥和我就這樣目送著她的背影，直到她走進房間，甩上門，發出「砰」的一聲。

2

PM 8:28

一臉無辜的爸爸來到現場時，顯然還搞不清楚狀況。

「什麼事？」他問。

哥哥於是附到爸爸耳旁咬耳朵。

「可是，」爸爸面有難色地說：「明天公司要年度報告，我現在手上還有很多資料要趕……」

哥哥又是一番耳語。

爸爸看了看錶說：「你媽也實在是的，」他深吸了一口氣，像是下定很大的決心似地坐了下來，「不管做數學，還是教數學，最需要的就是耐性。」

聽爸爸這樣說，我和哥哥也跟著坐了下來。

「好吧，」爸爸問我：「你到底哪裡有問題？」

我指出剛剛算錯的題目。

「嗯，雞兔同籠，」爸爸撫著下巴看數學題目，他說：「這麼簡單的東西，怎麼會有問題呢……」

他開始在計算紙上面寫著：

X+Y=8, 4X+2Y=22, X? Y?

「這麼簡單的二元一次聯立方程式，」爸爸說：「有什麼問題？」

二元一次聯立方程式？看著那些X、Y什麼的，我全傻眼了。

我問：「X、Y是什麼意思？」

「X是兔子，Y是雞。」

「兔子不是Rabbit嗎？怎麼會是X，然後雞……」

「我假設的啊。」

「為什麼要假設呢？」

爸爸顯然有點失去耐性了。幸好哥哥及時說：「爸，小潘他們要到國中才教代數。」

「那你怎麼算的？」

咦？不是應該你教我才對嗎？我說：「其實要靠一點靈感……」

「靈感？」

「對。」我把雙手按到太陽穴，先想像一個籠子，然後認真冥想裡面的八隻動物。沒多久，空盪盪的籠子裡面出現了四隻兔子，四隻雞。我開始數牠們的腳，一、二、三……一共二十四隻腳，不對，腳太多了。我又重新冥想，這次出現了三隻兔子，五隻雞，然後我又開始數：一、二、三……賓果！老天保佑，這次剛好有二十二隻腳。我說：「因此，答案是三隻兔子，五隻雞。」

爸爸一臉懷疑的神色，他又指了指有三腳兔子的那一題說：

「那這一題呢？」

仍然還是依樣畫葫蘆。我說：「先把三隻腳的那隻兔子抓出來，籠子裡七隻動物就剩下六隻動物了，一共有二十隻腳了，然後再開始冥想……」

爸爸有點不耐煩了，他說：「你這樣要算到民國幾年？」

「不會啊，我的方法一樣很快。」說著我又把雙手按住太陽穴。
「等一下。」爸爸拍了一下我的頭。
「喔，」我大叫一聲：「幹嘛拍人家的頭？」
「你先聽我說嘛，別那麼固執，非用自己的方法不可嘛。」
「可是，你先不要拍我的頭。」
「你到底要不要學？」
眼看爸爸作手勢又要打，我只好閉嘴。爸爸說：
「假設籠子裡面六隻都是雞的話，就有十二隻腳，對不對？」
「可是題目說一共有二十隻腳。」
「你先不要插嘴嘛，好好聽，」爸爸瞪了我一眼，又說：「所以還差八隻腳，對不對？」
我點點頭。
「現在，」爸爸說：「你每用一隻兔子去換出來一隻雞，籠子裡就多出了兩隻腳，對不對？」
「為什麼要用兔子去換雞呢？」
「你也可以假設籠子裡面全部都是兔子，然後再用雞一隻一隻去換，然後兩隻腳、兩隻腳減回來……」

我抓了抓頭說：「我還是用原來的那個方法好了。」

「你不要死腦筋嘛，」爸爸說：「我現在教你的方法是最快的方法。」

「可是我剛剛的方法也很快啊，不信你看。」說著我又把雙手放到太陽穴上，開始冥想。很快我就看到了。籠子裡面一共有兩隻雞，四隻兔子，數了數就是二十隻腳。連同剛剛被抓出去的那隻三腳兔，正好二十三隻腳，應該答案是五隻兔子，兩隻雞，正好是二十三隻腳。

「五隻兔子，兩隻雞。」我得意洋洋地說：「怎麼樣？」

「那是你運氣好，」爸爸不以為然地說：「要是籠子裡有好幾十隻……這樣說好了，有好幾十隻蜈蚣和好幾十隻雞，一共有幾千幾百隻腳，我看你怎麼冥想？」

「不會吧，」我說：「蜈蚣早被雞吃光光了吧，哪還有什麼腳……」

冷不防，爸爸一個伸手又往我的頭頂拍了過來。

「噢！」

爸爸生氣地說：「拜託你認真一點好不好，我可是放下了十萬火急的公事來教你的。」

我一邊揉著自己的頭，一邊又聽爸爸把那套什麼兔子換雞的鬼把戲重講了一次。

說實在的，我一心提防爸爸的怪手，一點聽的心情也沒有。最後，爸爸講解完了。

「再簡單不過了，」他說：「懂不懂？」

我看了爸爸一眼，別無選擇地點了點頭。

「很好，」爸爸高興地說：「我再出一題變化題，看看你是不是真懂。你要是真懂，我們就結束了。」

他拿出了紙筆，開始出題目。出好之後，他把紙張往我這邊挪了挪。

「試試看，」他說：「只要掌握了我剛說的原則，很簡單的。」

我看了一眼題目。

籠子裡面一共關了十隻怪獸。怪獸甲有一個頭，兩個尾巴，十三隻腳。怪獸乙有一個頭，三個尾巴，十七隻腳。甲怪獸和乙怪獸一共有一百四十二隻腳。請問，怪獸一共有多少尾巴？

看完了題目，我差點沒昏倒。

怪獸同籠？

這下麻煩可大了。我得先想像一個體育館那麼大的籠子。想像體育館還算小case，更麻煩的是，我一點也想像不出來一個頭、兩個尾巴、十三隻腳的怪獸甲應該長成什麼模樣？（牠的腳怎麼排列呢？一邊還是兩邊？每邊有幾隻？）更不用說有十七隻腳、三個尾巴，更複雜的怪獸乙了。

過了一會兒，爸爸開始不耐煩了，他說：「剛才你不是說你都懂嗎？」

「呃……」

「你到底懂不懂嘛？」

就在這個千鈞一髮的時刻，電話響了。哥哥跑去客廳接了電話。一會兒，他回報說：「爸，你的電話。」

「誰打來的？」

「他說是你的老闆。」

說也奇怪，一聽到是老闆，爸爸臉上不耐煩的表情立刻消失，換成了一副戒慎恐懼的神色，以小跑步的姿態奔向客廳接起了電話。

「哥，」我小聲的問：「到底怎麼算啊？」

哥哥並不理我，只顧尖起耳朵聽爸爸講電話。

我雖然沒有像哥哥一樣認真竊聽，不過五分鐘之內，爸爸至少說了十二次「是，是」，五個「一定，一定」，還有三次「對不起，對不起」再笨的人都聽得出來他正在挨罵。

等爸爸接完電話回來，你可以很清楚地感覺到情況已經變得完全不一樣了。
「你到底會不會嘛？」
「一定要算怪獸的腳嗎？」我拿著筆在紙上亂畫。
「我剛剛不是教過你了嗎？」
「可是怪獸不一樣……」
「哪有什麼不一樣？」
「我想不出來怪獸長什麼樣子……」
「這跟怪獸長相有什麼關係？」爸爸發飆了，又用力拍了一下我的頭，他說：「你搞清楚，我放著公司明天的報告著火了不管，陪你搞這些最白癡的雞兔同籠，又是怪獸同籠的，你這樣的態度算什麼？」
「噢！」我大叫一聲，從座位上跳了起來說：「你可不可以不要拍我的頭？」
「我拍你的頭又怎麼樣？」爸爸更生氣了，又往我的頭用力一拍，幸好被我及時閃開。他氣呼呼地說：「你到底要不要學？」說著又高舉著手，作勢要打我。
我退後一步說：「你先答應不要拍我的頭。」
爸爸向前逼進了一步問：「你到底學不學？」
我又退後了一步說：「除非你先不要動手。」

我們就這樣，像武俠片裡面的俠客對決前的較量，一步一步地繞著餐桌轉圈。

「這有什麼好難的呢？你先假設十隻怪獸統統是怪獸甲，這樣就有一百三十隻腳。」爸爸步步逼進。

「我討厭怪獸。」我節節後退，雙手交叉成十字形，做了一個驅鬼的動作。

不過爸爸顯然一點也沒有受到阻嚇，他繼續說：

「你用怪獸乙換掉怪獸甲，每換一隻就多出四隻腳……」

我邊退後，邊不甘示弱地說：「我討厭十三隻腳的怪獸，我討厭十七隻腳的怪獸，我討厭所有的怪獸……」驅離，驅離，驅離！

爸爸更提高了音量，魔咒似地唸著：「一百四十二隻怪獸的腳減掉一百三十隻怪獸的腳，是十二隻腳，換句話說，只要用三隻怪獸乙換掉三隻怪獸甲……」

忽然間，怪獸全部現身了。

怪獸甲有著綠色犀牛似的頭，恐龍般的身體，背部長著尖角，胸部、腹部以及腹部以下分別長著六對腳，另外，兩個尾巴之間還有獨立的一隻腳。怪獸乙是黃色蒼蠅似的頭，火似的身軀，十七隻像章魚似的腳環繞在底部，三個尾巴則孔雀開屏似地在身後開展著。我們全關在同一個籠子裡，這些巨大的怪獸全怒氣沖沖地對我噴火，還橫衝直撞地朝著我踩過來。

情急之下，我拔出寶劍，用力揮砍。

「剁掉，剁掉，」我嚷著：「沒有腳了，所有的腳統統被我剁掉了。」

「算出來七隻怪獸甲，三隻怪獸乙之後，再計算牠們的尾巴。每一隻怪獸甲有兩個尾巴，怪獸乙三個尾巴……」

不等爸爸說完，我用更大的聲音嚷著：「尾巴也統統被我剁掉了。」

隔著餐桌，我們氣喘吁吁地對峙著。

哥哥看不下去了，他說：

「爸，你剛剛不是說，不管做數學，還是教數學，最需要的就是耐性嗎？」

「你們以為我們做父母的喜歡這樣嗎？」爸爸歇斯底里地大嚷著：「你知道我手上還有多少事沒做……」

我也激動地說：「我們做小孩的也不喜歡這樣啊。」

爸爸做了幾個深呼吸，顯然試著控制自己。他看著哥哥說：

「既然你有耐性，你是哥哥，你來教他。」

大潘一聽說要教我，嚇得差點跌倒。他似乎還掙扎著想說些什麼，可是爸爸已經轉身走開了。

好了，這會兒餐廳只剩下我和大潘了。
「你不要急，坐下來，放輕鬆，」大潘說：「深呼吸。」
我坐下來。吸了一口氣，吐了一口氣，又吸了一口氣，吐了一口氣。
「好，現在，我們來看題目，」哥哥小心翼翼的說：「籠子裡面一共關了十隻怪獸。怪獸甲有一個頭，兩個尾巴，十三隻腳……」
「剁掉，剁掉。」我說。
哥哥停下來看看我繼續又說：
「怪獸乙有一個頭，三個尾巴，十七隻腳，甲怪獸和乙怪獸一共有一百四十二隻腳……」
他沒說完，我立刻又從座位上跳了起來，大叫著：
「剁掉，剁掉！統統被我剁掉了！」
哥哥也站了起來，投降似地高舉雙手，邊後退邊說：
「好，好，統統剁掉了，你不要激動……深呼吸。」

3

PM 8:52

餐廳裡現在只剩滿桌的聯絡簿、作文簿以及數學習作。打敗怪獸並沒讓我陶醉很久。我一個人孤零零地坐在餐桌前想了一下，理智慢慢恢復了。

不久，妹妹忿忿不平地來了。她說：

「你到底做了什麼好事？」

「我？」

「要不然媽媽怎麼會變成那樣？」

「變成怎樣？」

「我拿聯絡簿給她簽，三分鐘不到就簽好了。」

「這樣有什麼不好？」我問。

「你先看我的聯絡簿再說。」

我接過妹妹的聯絡簿，翻開一看，妹妹的聯絡簿上被老師蓋了一個遲到章，一張數學考卷六十五分，還有老師的紅筆批著：

國語作業未交、聯絡簿字跡潦草。

妹妹說：「三分鐘不到就簽好了，你相信嗎？」
我問：「妳是說媽媽都沒有罵妳或者嘮叨妳？」
妹妹搖搖頭。「她甚至還拍拍我的肩膀，微笑地鼓勵我說：妹妹要加油喔！」
「媽媽對妳微笑，還鼓勵妳，難道妳不喜歡嗎？」
「好是好，」妹妹嘟起了嘴唇，猛搖頭。「問題是，感覺上總是毛毛的……」
「什麼意思毛毛的？」
「就是不可能的事情發生了啊，像見了鬼一樣。不信你自己去試試就知道我的意思了。」

我把數學作業那幾題雞兔同籠訂正好之後，看了一下手錶，九點鐘。
其實我大部分的功課都已經做得差不多了，要不是剛剛發生了那些擦槍走火的事，現在也許早就訂簽完畢，連游泳都游完了也說不定。這麼早就做完功課的話，媽媽一定很高興地抱著我，稱讚我，還給我按摩的。
唉，我心裡想，剛才要是稍微忍耐一下就好了。總之，為了讓今天有個善終，我決定還是先去看看情況好了。
我走到媽媽房間前，敲門。叩，叩，叩。

「進來。」

走進房間，媽媽正在摺衣服。

「媽，我所有的功課都做好了。」

「喔。」媽媽甚至沒有抬頭看我一眼。

「媽，現在才九點鐘，我只欠妳游泳十圈，就可以全部結束了。」

就在這個時候，媽媽抬起頭來，用一種很奇怪的眼神看著我，她說：

「小潘，你什麼都不欠我。這個世界上只有媽媽欠小孩子，小孩子從來不欠媽媽什麼的。」

我現在完全可以領會妹妹所謂「毛毛」的意思了，一股涼意從我的腳底一路竄上腦門。

「媽。」我說。

「什麼事？」

「妳陪我去游泳池游泳好不好？」

「你自己去吧。」

說完之後媽媽自顧摺著她的衣服。她把衣服摺好，堆成一疊一疊，分別放進她的衣櫃、爸爸的衣櫃，又捧著我們的衣服，走出房間去。

等她回來時，我還在房間裡，坐在床上。

「咦？怎麼還沒去？」媽媽說：「如果你真的不想去游泳的話，那就算了。不要因為怕媽媽不高興，才非去不可。」

「媽，不是啦，」我皺著眉頭說：「妳陪我去啦。」

「小潘，你總是要長大的，」媽媽定定地看著我說：「媽媽不可能一輩子跟在後面催你。」

「可是，如果妳沒去游泳池，誰幫我數十圈呢？」

媽媽看了我一會兒。她走到櫥櫃抽屜，拿出一堆橡皮圈，數了數之後交給我，「這裡一共是十條橡皮圈，你掛在左手。每游一圈，就換一條到右手去。」

我接過了橡皮圈，一臉為難的表情。

「一個小孩如果不能自動自發，」媽媽說：「父母親再怎麼費心也是沒有用的。」

我把橡皮圈套在左手，往房門口走了兩步，又回頭看她。

「一定要這樣嗎？」我問。

媽媽朝我擺了擺手，她說：「加油！」

PM 9:15

換好了泳褲、泳帽和蛙鏡之後，我跳下了水，一個人拚命地在游泳池裡游啊游地，每游一圈就把一條左手的橡皮圈換到右手去。

游了不知多久，我氣喘吁吁地停了下來。不曉得為什麼，平時游泳應有的快樂興奮的心情一點也不剩了。

池畔的躺椅空空盪盪的。從前媽媽都會坐在那裡，幫我喊口令、數圈數，沒完沒了的催促要求……

我算了算手上的橡皮圈，右手有七條，左手還剩下三條。

晚上的游泳池沒有平時那麼清澈了。水波映著日光燈，破破碎碎的光影就這樣在水面上搖搖晃晃。

總之，一切都變得好奇怪。

4

PM 9:45

回到家時，妹妹正在起居室練習貝多芬的〈月光〉鋼琴奏鳴曲。哥哥一手拿著跳繩，一手拿著手提收音機，走到玄關來。

「哇，練琴、跳繩，」我說：「明天太陽一定從西邊出來。」

哥哥很嚴肅地看著我說：「我覺得今天晚上媽媽真的很奇怪。」

「你也感覺到了？」

他點點頭說：「我看我們最好做一些她會高興的事情。」

「好吧，」我說：「我也去拿我的跳繩。」

等我回來之後，哥哥按下了ＣＤ按鍵，周杰倫〈三年二班〉音樂開始流動了出來：

訓導處報告，訓導處報告，三年二班周杰倫，馬上到訓導處來……

接著是音樂，時鐘滴答聲，乒乓球聲，ＲＡＰ的節奏與歌曲，慢慢聲音降低了，音樂背景中，媽媽的聲音登場了：

跳繩，預備——

我和哥哥拉開了跳繩，很有默契地彼此看了一眼，同時開始跳繩。

一——二——三——四——五——六——七——八——九——十，二——二——三——四——五——六——七——八——九——十，三——二——三——四——五——六——七——八——九——十……

媽媽相信跳繩會讓我們長高，因此精心替我們製作了各種音樂版本跳繩韻律

ＣＤ。媽媽似乎對她的傑作滿意極了，只要一聽到我們播出了ＣＤ，她就會跑過來。看到我們滿身大汗地在跳繩、或者是做著操，她總是露出陶醉的表情，高興的說：

「哇，大家都這麼努力，將來一定可以長高，加油喔！」

真不曉得為什麼事情會變成這樣，媽媽要我們跳繩、游泳、彈琴、做功課是「為我們好」，我跳繩、游泳、彈琴、做功課也是為了「讓媽媽高興」。想起來，好像長大的過程就是如此……我和媽媽像是旋轉木馬，雖然一直轉啊轉地跑個不停，可是我們好像誰也追不上誰。

正這樣想著時，媽媽無聲無息地踱了過來，又往廚房的方向踱了過去。

那真的是很詭異的感覺。

我和哥哥全身是汗地跳著，媽媽的聲音就在ＣＤ播放機中熱情而賣力地喊叫。可是媽媽的本尊卻只是從廚房走回來，朝我們這邊望了一眼，沉默、冷淡、輕飄飄的一眼，然後她又像個幽靈似地消失在房間那頭了。

哥哥暫停了ＣＤ，屋子裡面一下子安靜了下來。哥哥喪氣地說：

「跳繩好像也沒什麼用。」

我也說：「她好像真的不理我們了。」

妹妹也來了，怨怨地看著我說：「都是你啦。」
我說：「我又不是故意的。」
「我覺得數學媽媽沒有什麼不好啊。」妹妹說：「如果沒有數學媽媽，早上誰叫我們起床？考試考不好了誰來教我們？誰來逼我們運動，讓我們長高？如果沒有數學媽媽，你覺得媽媽還像媽媽嗎？」
沒想到哥哥竟也贊同妹妹的說法，意味深遠地說：
「小潘雖然說不想要『數學媽媽』，可是事實上，以你的情況而言，你其實非常需要『數學媽媽』。」
「我？非常需要數學媽媽？」
「對，」哥哥說：「這就好像為了讓植物開花結果，你得給植物長時間照光，低溫，我相信這樣做，植物自己一定也會不高興的。」
「植物也會不高興？」
「對啊，生物課本是這樣說的，」哥哥進一步說明：「雖然植物會不高興，可是只有這樣，才能產生『開花激素』，植物才會開花。」
「你的意思是我們小孩子也要被搞得不高興，才會……開花？」
哥哥點點頭說：「很接近那個意思。」

我問：「那……現在我們該怎麼辦？」

哥哥搖搖頭說：「我也不知道。爸媽搞不好在和我們冷戰。」

「冷戰？」妹妹長嘆了一口氣說：「唉，都是小哥，他們會不會就這樣，永遠都不理我們啊？」

我們同時都沉默了一會兒。

「跳繩吧，」哥哥說：「至少ＣＤ裡面的媽媽還管我們……」

於是哥哥按下了ＣＤ播放鍵。周杰倫的音樂再度流動出來。音樂的背景中是媽媽的聲音：

跳繩，預備——

我們三個人在玄關排成一線，準備開始跳繩。

就在這個時候，我停了下來。

「我有個辦法了，」我說：「媽媽非理我們不可。」

PM 10:03

「怎麼了？」媽媽憂心忡忡地來到玄關時，我正躺在玄關的沙發椅上，裝出奄奄一息的樣子。

「哎喲，」我煞有介事地叫著：「哎喲。」

妹妹補充說明：「本來我們跳繩跳得好好的，小哥忽然說肚子痛。」

「哪裡痛？」

我皺著眉頭，指了指肚臍附近。

媽媽把我的衣服翻開，在肚臍附近輕輕擠壓。

「這裡？」她問。

「哎喲，哎喲。」我說。

媽媽在我肚子東壓壓，西壓壓，又摸了摸我的額頭。她去廚房拿出一支溫度計來，放進我的嘴巴裡。她對妹妹說：

「去書房叫妳爸爸來。」

過了一會兒，爸爸來了。幾乎是同樣的問題、檢查動作又重複了一遍。唯一的差別是我含著溫度計，因此只能「嗯，嗯」地叫。

「三十六點五度。」媽媽拿出了我的溫度計，對著光線看了一會。

爸爸深思熟慮地說：「上次我同事的小孩腸套疊開刀，也沒有發燒。」

媽媽問：「會不會想嘔吐？」

我說：「有一點。」

媽媽說：「我看還是送去急診室看看好了。」
咦，急診室？事情似乎有點不太對勁。
爸爸看了看手錶，不知想著什麼。
「你公司明天的事情不是還沒忙完嗎？」媽媽說：「我先帶小孩去急診室好了，要有什麼事情我再通知你過來。」
「不用這麼麻煩吧？」我說：「我只要休息一下就好。」
我掙扎著要從沙發上坐了起來，卻被爸爸一手壓回沙發上平躺。
「你好好給我躺下休息。」
爸爸在玄關踱過來，又踱回去。
「這麼晚了，不去我也不放心。」他告訴媽媽說：「我先抱小孩下去，妳幫我拿外套還有車鑰匙，我們在停車場會合。」說著爸爸把我從沙發上一把抱了起來。
「我不要去急診室，」我嚇壞了，又嚷又叫：「我不要去。」
「喂，」爸爸瞪了我一眼說：「這可不是開玩笑的事情。」

5

PM 10:37

門口的招牌寫著：小兒科急診觀察室。

空氣裡面都是藥水的味道。躺在我左邊的是一個下半身打著石膏的小孩，正吵著石膏裡面的腳會癢。躺在我右邊的是一個光著頭的小男生，表情非常憂鬱，正在打著一種紫色的點滴。除此之外，觀察室裡還有各式各樣生了病的小孩，有的在呻吟，有的在和自己的家長哭鬧，還有一些只是安安靜靜不曉得在幹什麼，八成也像我一樣嚇到了，搞不清楚自己為什麼會淪落到這種地方。

「都怪你，」妹妹抱怨著：「表演得那麼逼真。」

「好啦，」哥哥譏諷地說：「現在爸爸媽媽可關心你了。」

我哭喪著臉，不曉得該說什麼才好。

一會兒，爸爸媽媽尾隨著一個穿白袍的醫師，拿著病歷走了過來。

「小潘，」媽媽說：「這是王醫師。」

我對王醫師點了點頭。不過王醫師看來很神氣，只顧著看病歷，根本不理人。看過病歷後，王醫師忽然伸手翻我的眼皮，又拿出手電筒，示意要我張開嘴巴。等我照辦之後，他冷不防拿出壓舌板壓住我的舌頭，害我差點吐了出來。壓舌板之後，他又掛上聽診器，雖然他從頭到尾都沒說話，可是在他的氣勢之下，我還是乖乖地把衣服自動拉了上來。

一切就這樣在靜默中進行。他又拿開了聽診器，把我的兩腳併攏，膝蓋彎曲，接著又把一隻大手摸上了我的肚臍附近，輕輕擠壓。直到我都開始懷疑這位醫師是不是聾啞人士了，他終於開口問：

「痛嗎？」

「痛。」其實不是。

他又換了一個位置問：「這裡呢？」

我點點頭。於是他又換了一個位置。

我就這樣隨心所欲地一下子痛，一下子不痛，媽媽似乎有意見了。

「你剛剛痛的明明是肚臍附近，」她說：「現在怎麼跑到右下腹去了呢？」

被媽媽指出這種「專業」上的缺失，我的臉一下子紅了起來，不知道該如何回答才好。沒想到王醫師竟然說：

「很典型的盲腸炎徵候，痛從肚臍附近開始，慢慢移動到右下腹去。」

盲腸炎？正想著時，王醫師用力壓我的肚子，猛然一放。

「喔——」我大叫一聲。其實不是痛，而是嚇到了。

「果然沒錯，腹膜徵候，」王醫師嚴肅地說：「看來恐怕得開刀才行。」

一聽到開刀，我立刻睜大眼睛坐了起來。我嚷著：「我不要開刀！」爸爸把我壓回床上，我又坐了起來，大叫著：「我不要開刀！」

爸爸又把我壓回床上去。他生氣起說：「你給我躺好。」

我躺在床上，可真的嚇壞了。我不停地吵著：「我真的沒有生病，我不要開刀，我不要，我不要，我不要……」

整個兒童觀察室裡面的人，只要還是清醒的人，都朝我這個方向看了過來。

王醫師翻著病歷，想起什麼似地問：「你們在家裡有沒有量過體溫？」

「有，」爸爸說：「三十六度半。」

「嗯，沒有發燒的話……的確是比較奇怪。」

媽媽必恭必敬地問：「非開刀不可嗎？」

「如果真是盲腸炎的話恐怕是愈快開刀愈好，」王醫師想了一下說：「不過，為了保險起見，我們還是先把手術前該做的檢驗都做一做吧。反正小孩人在急診室，隨時可以推進開刀房緊急手術。不差這麼一點時間。」

爸爸媽媽一直朝著王醫師鞠躬，直到王醫師的身影走遠了，他們的神色也變得凝重了起來。

PM 10:45

媽媽一直在打電話。她先打給莉莉阿姨。莉莉阿姨的兒子去年暑假才開過盲腸，住院住了一個禮拜。

隔著老遠我就聽到莉莉阿姨的大嗓門從手機中傳了過來。

「哎呀，如果是盲腸炎的話要趕緊開刀啊。去年我們家皮皮也不過猶豫了那麼一下下，開進去就說是什麼盲腸破裂了。哎呀，足足住院住了一個多禮拜。」

「可是小潘現在看起來好像還好。」

「我們家皮皮也是看起來還好啊，才會拖成那個下場啊，」莉莉阿姨說：「妳別看小孩現在好好的，開完刀還有得折磨呢。」

媽媽一聽，眉頭都皺了起來。莉莉阿姨還繼續說：

「我的經驗還算好的哩，妳去問向太太，有沒有？家長會那個向太太。她的兒子整整住院住了二十二天。妳去問她，她的經驗比我還要多。」

掛掉莉莉阿姨的電話，媽媽果然又打電話給那個住院二十二天的倒楣鬼的媽媽。那個向媽媽聲音比起莉莉阿姨來小多了，以至於我完全聽不到她在講什麼。只聽見媽媽一直說著「是，是」，愈說臉色愈發昏暗。

媽媽講完電話之後，神情似乎有些恍惚，一直看著我。

我問：「媽媽，妳怎麼了？」

明明兩行眼淚從眼眶流了出來，媽媽卻跟我說：「媽媽沒什麼，小潘乖。」

【照X光】

「現在，」技術員透過麥克風說：「請你深吸一口氣，不要放掉。」

很快，室內的一盞紅燈亮了起來。空空盪盪的檢查室只留下我一個人還有一台怪獸似的機器。

所有人全隔著鉛玻璃站在外面看我，我像極了入獄服刑前拍檔案照片的囚犯。

【抽血】

護士小姐來了。我被爸媽四隻手五花大綁，根本無法動彈。更可惡的是哥哥還應邀幫忙按住我的腳。

我全身扭動，叫著：「我又沒有生病，我不要抽血。」

「好，好，你沒有生病，你不要抽血。」護士小姐雖然說好，可是她還是把針頭戳進了我的手。

「喔！」我大叫一聲。

「不要亂動喔，」護士小姐威脅著，「否則戳破血管我可不管。」

抽完血，妹妹拍拍護士小姐的腿，忿忿不平地說：

「哥哥很可憐，他只是假裝，他又沒有生病，他不要抽血。」

「好，哥哥只是假裝，沒有生病，也不要抽血，」護士小姐像鸚鵡一樣又重複了一次，並且摸著妹妹的頭說：「妳很乖。」

到目前為止，妹妹是唯一善良並且說真話的人，可惜沒有人相信她。

【打針】

護士小姐又來了。她板著臉孔說：「你是要自己轉過去，還是我們動手？」

「可是我真的好了，一點都不痛了。」我不情不願地趴了過去。

立刻就有好幾隻手把我的褲子脫了下來。我感到一陣涼涼的，不由分說，針頭立刻往屁股戳了上來。

「喔！」我又大叫一聲。

「不要亂動喔，」護士小姐又是同樣的台詞，「否則針頭斷在屁股裡面我可不管。」

妹妹現在懶得對付護士小姐了，她提醒爸爸說：「不要再打針，也不要開刀了，小哥說他已經好了，一點都不痛了。」

我趴在床上，聽見爸爸說：「這種事怎麼由得了他呢？」

PM 11:23

有個麻醉醫師跑來看了我一下，問我最後一次吃東西是幾點鐘，還要我把嘴巴張開。爸爸很認真地詢問開刀的時間，麻醉醫師說最後開不開刀還是得由王醫師做最後的確認才行。不過以目前開刀房的急診手術全滿，以及我禁食時間不夠的情況來看，就算要開刀，最起碼也還要再等一個小時以上。

爸爸看了看手錶，決定回家拿筆記型電腦來陪我徹夜奮戰。

他還詢問哥哥和妹妹要不要順便搭車回去睡覺？雖然他們都表示願意留下來和我同生死，共患難，可是媽媽堅持他們必須回家睡覺，因為他們明天都還得上學。

妹妹很慎重地和我告別，她在我的耳朵旁輕輕地說：

「小哥，對不起，」說完她又在我的臉頰輕輕一吻，「我真的已經盡力了。」說完她突然失控，哇啦哇啦地哭起來了。

那種氣氛與其說是告別，還不如說更像是訣別。

哥哥更誇張，堅持要和我單獨告別。他把所有人趕得遠遠的，還把拉簾拉上。

哥哥本來還裝出一副哀戚的表情，不過簾子一拉之後，他的臉色立刻變了。

「你到底在搞什麼啊？」他說：「難道真要弄到開膛破肚的地步你才高興嗎？」

「我也不希望這樣啊。」我說。

「我勸你乾脆跟爸媽認罪，實話實說算了。」

「問題是……唉，」我著急地說：「叫我怎麼說啊？」

妹妹的哭聲現在轉為抽泣，一搭一搭地。

「你這個人真的有病，」哥哥說：「為了讓媽媽關心，媽媽抱抱，不擇手段。我看你不是盲腸炎，你根本就是母愛缺乏症候群。」

「好啦，就是母愛缺乏症候群啦！」我怨怨地說：「既然你那麼聰明，為什麼不去跟媽媽說，說我的情況不用抽血，也不用打針、吃藥，請她直接給我母愛……然後我們就出院了。」

「你別太過分好不好，媽媽每天花在你身上的時間，幾乎是我們其他人的總和了，你還不滿足。你到底要怎樣？」

「可是那些都是數學媽媽，我不要數學媽媽。」

「數學媽媽難道就不是母愛？」

「我不要嘮叨、不要罵人、不要ＣＤ的媽媽，那些都只會讓我生病……」

拉簾外，妹妹漸漸安靜下來了。爸爸探頭進來問：

「快點，你們到底完了沒有？」

「快了，快了。」哥哥轉身過去把爸爸的頭趕走，又轉過來對我說：「沒時間陪你扯淡了。你到底要不要實話實說？」

我沉默了一下。

哥哥說：「你要是不好意思說，等一下我替你跟爸爸說。媽媽的部分等一下你自己想辦法。」

「他們會不會生氣？」

「分開生氣，總比合在一起生氣好一點吧。」

「可是……」

「好啦，就這樣。不要再可是了，難道你真要進開刀房去挨一刀？」哥哥拍拍我的臉頰，意味深長地說：「現在只有你自己能救自己了，知不知道？」之後他拉開了拉簾，對著大家說：「我們好了。」

媽媽跟爸爸走了進來。妹妹站在遠遠的地方沒動，眼睛巴答巴答地看著我。

「有什麼東西要我順便拿過來嗎？」爸爸問。

「我還沒有訂簽完畢，」我說：「所有的功課，連同家庭聯絡簿，統統放在餐桌上……」

還沒說完，媽媽立刻打斷我。她說：「你好好休息吧，功課的事情先不要管了。」

爸爸看了我一眼。他說：「那麼，我們走了。我會盡快回來。」

他們走遠了之後，媽媽問我：「你現在還覺得不舒服嗎？」

「屁股打針的地方會痛。」我說。

於是媽媽幫我揉屁股。揉完之後，我又說這裡痠，那裡痛的，好讓媽媽給我按摩。媽媽按摩我的手臂，又按摩我的肩膀。

被媽媽按摩得很舒服了，我說：

「媽，我所有的功課都做完了。雞兔同籠我也會了。」

「我知道。」

「我游泳游了十圈，回來之後還和哥哥一起跳繩……」

「媽媽知道。」

「我很乖，妳高興嗎？」

「媽媽知道，媽媽很高興，」媽媽很感動，微笑地坐在病床上，讓我躺在她的懷抱裡。媽媽一直撫摸我的頭說：「小潘最乖，小潘最乖了。」

說真的，那是一種如在天堂，幸福得不能再幸福的感覺。可是我又想起，天堂的另一端，正在起火燃燒。

「媽，」我說：「有件事……」這時候哥哥應該坐在計程車上，一五一十地向爸爸揭穿我的詭計吧。

「什麼事？」

我聽見媽媽的語氣怪怪的。仰頭一看，媽媽的眼眶又紅紅的了。

「媽，」我說：「妳又在哭了？」

媽媽一邊擦眼淚，一邊跟我說：「沒有啊。」

擦好眼淚之後媽媽問我：「小潘，你剛剛說什麼事？」

我猶豫了一下，真的無法想像媽媽那張溫柔得不能再溫柔的臉一聽到我的實話之後，會變成什麼。一剎那，「就算在天堂被火燒死了也感到很幸福」的念頭忽然閃過我的腦海裡。

「沒事。」我說。

媽媽沒有再繼續追究下去。她問：「小潘要不要聽媽媽唱歌？」

「好啊。」

「你要聽什麼？」

「〈紫竹調〉好了。」

於是媽媽輕輕地把我搖啊搖，開始唱起了那首老得不能再老的搖籃歌。

AM 00:32

爸爸回到急診室時，王醫師正好拿著病歷從他身後走過來了。

我注意到爸爸手上並沒有拿筆記型電腦，我心裡想，哥哥一定什麼都跟爸爸說了。那種感覺真的很複雜，一方面我有種鬆了一口氣的感覺，可是另一方面又好像不是這樣。總之，我甚至不知道應該高興還是難過才對。

搶在王醫師走過來之前，爸爸問媽媽：

「小潘都告訴妳了？」

「告訴我什麼？」媽媽問。

「我們等會兒再說好了。」

現在王醫師已經站在我的床前了。他翻閱著病歷，以及黏貼在病歷上的檢驗報告，看著看著臉上出現一種迷惑的表情。

「抽血檢查看起來都很正常，白血球沒有增加，沒有發炎的現象，也沒有發燒的現象……不過臨床上的表現實在太像盲腸炎了，」他像在說給爸媽聽，又像只是在自言自語，他說：「當然盲腸炎也不是不可以這個樣子，只是有點奇怪……」

「王醫師，」爸爸打斷王醫師的話，「王醫師。」

「啊？」

「小孩說，他現在不痛了。」

「咦，」媽媽問：「你怎麼知道他現在不痛了？」

「剛剛檢查的時候，不是他自己說的嗎？」爸爸又對著王醫師說：「小孩現在已經不痛了，你要不要再檢查一次看看？」

王醫師放下了病歷，想了想說：「也好。」

爸爸立刻配合著一個箭步，不客氣地衝過來翻開我的衣服。

王醫師輕輕地把手放上了我的肚臍。他問：「痛嗎？」

爸爸用著「都是你幹的好事」那樣的眼神狠狠地瞪我，威脅我別輕舉妄動。

「不痛。」我搖了搖頭，不痛也不敢痛。

王醫師又問：「這裡呢？」

他每換了一個地方，我就搖一次頭。媽媽覺得奇怪了，不放心地說：

「小潘，你哪裡不舒服告訴王醫師沒關係。」

我仍然搖搖頭。

最後王醫師又壓我的肚子，突然放開。看我安然無恙的表情，他喃喃地說：「奇怪？剛剛明明有腹膜徵候的。」王醫師想了一下，又問我：「現在還有噁心、想嘔吐的感覺嗎？」

我還是搖頭。

「拉肚子呢？」

「沒有。」

王醫師似乎有點失望，他說：「情況也不像病毒或者是食物中毒……」

「會不會是剛剛打針的緣故？」媽媽問。

「效果應該不會這麼快，嗯……」王醫師不安地交搓著手說：「這實在是我見過最奇怪的病例之一。」

「現在怎麼辦，」媽媽問：「還需要開刀嗎？」

「開刀暫時是不用，我建議可以再觀察一下，或者是……」

像是忍耐了很久終於等到了這一刻似的，還沒等王醫師說出來，爸爸就搶著接話。他問：

「回家？」

6

AM 00:53

現在路口的紅燈亮了，爸爸把汽車停了下來，看了看手上的錶。

汽車後座坐著我和媽媽。從離開了醫院急診室之後，沉悶的氣氛就像這樣一直持續著。爸爸哈欠連連，媽媽顯然也累了。

綠燈亮了之後，汽車通過路口，走沒多遠，就看到幾個交通警察站在前方，招手要汽車停下來。

爸爸把汽車停下來，搖下了車窗。

「對不起，先生，」交通警察上前行了一個禮說：「麻煩把行照、駕照拿出來。」

爸爸緊張地摸這邊口袋，又摸那邊口袋，摸了半天說：

「糟糕！放在客廳忘了帶出來。」

警察先生說：「沒帶行照、駕照的話，要麻煩你下車登記一下喔。」

「對不起，對不起，」爸爸一副求饒的表情說：「實在是小孩生病了，急著要送他去急診室，匆匆忙忙才忘了帶行照、駕照。」

啊，不是才從急診室出來嗎？

一聽到急診，警察先生半信半疑地把頭探進了車窗內，看著我。

「小弟弟，你還好嗎？」

我本來坐得直挺挺的，一看到警察探頭進來，立刻很配合地躺回了座位，皺著眉頭，裝出很虛弱的樣子。

「哎喲，哎喲。」我說。

「很可能是盲腸炎，」爸爸滿口專業術語，他說：「腹膜徵候都出現了。拜託，拜託！」

我相信警察一定完全搞不懂什麼是「腹膜徵候」，可是他卻被爸爸唬得一愣一愣的。我注意到警察的撲克臉一下子變得溫柔了。

「快去吧，不要耽誤了。」他大手一揮，讓我們離開了。

直到汽車已經離開警察好幾個路口了，我還陶醉在自己的演技裡，叫著：

「哎喲，哎喲。」

媽媽可緊張了，問我：「小潘，你是不是又痛起來了？」

我哈哈大笑，得意的說：「沒有啦，我是『假裝』的啦。」

一聽到「假裝」，爸爸所有的新仇舊恨全被勾了起來。他本來只是碎碎唸，漸漸地一發不可收拾。他說：

「假裝生病，有什麼好高興的呢？你知道你一生病，爸媽有多焦慮嗎？折騰到現在幾點了你知道嗎？你可好，等一下一回家，倒頭就是呼呼大睡，你有沒有想過，我明天要報告，有多少資料還沒有整理……」

媽媽不以為然地說：「小孩子才從急診室出來，說這些幹什麼呢？他假裝生病還不是為了配合你？你這個做爸爸的為了逃避罰款，在小孩面前做出『欺騙警察』的不良示範，怎麼你自己不反省，反而說他？」

爸爸手握方向盤，沉默了一會，顯然氣不過，又說：

「就算你不考慮爸爸，至少也要替媽媽想想啊。你媽媽在家裡忙了一整天，要買菜、做飯、打掃，還要看你們三個小孩的功課，替你們錄韻律CD，催促你們運動，替你操心這個，操心那個……你媽媽為了你的事，忙到現在都還沒有時間洗澡，這就是你報答媽媽的方法嗎？」

媽媽說：「好了啦，他又不是故意要生病的。」

「怎麼不會是故意呢？」

「生病這種事情難道也可以故意嗎？」

爸爸從駕駛座回頭過來狠狠地看著我，看著爸爸欲言又止的模樣，我心想，完蛋了。

「小潘就是故意的！大潘都告訴我了，」爸爸宣布說：「從頭到尾他都故意裝病，好吸引父母親的關心。」

「故意的？」媽媽不可置信地問：「真的？」

我點點頭。

「你為什麼要騙媽媽呢？」媽媽的眼淚又來了。

「我……」

幸好那只是我的想像。爸爸收回了他的目光。他說：

「今天大家都累了，我也懶得跟你媽多解釋了，可是你別得意，改天我一定好好跟你算帳。」

媽媽才不管爸爸在說什麼。她把我抱在懷裡，溫柔地說：「媽媽不用小潘報答，只要小潘好，媽媽就高興了。」

不知怎地，媽媽又拾起了紫竹調的旋律，開始哼唱了起來。

一根紫竹直苗苗，送給寶寶做管簫，

簫兒對正口，口兒對正簫，簫聲吹出時新調。

小寶寶，依迪依迪睡著了，

小寶寶，依迪依迪睡著了……

汽車一直往前走，深夜的街道安靜極了。一輪皎潔的明月高掛在車窗外的天空，安靜地照著媽媽的臉龐。我心裡想，不管以後媽媽又變回了數學媽媽，或者是別的什麼，我永遠都不會忘記現在這個畫面的。

不曉得為什麼，現在我真的很後悔了。這一整個晚上，還有那些我所幹出來的蠢事。

「對不起，媽媽。」我說。

「不要說對不起，」媽媽把我抱得更緊了，她說：「媽媽就是喜歡為小潘操心啊。」

愈是這樣，我愈難過。

「對不起，媽媽，」我一直說著：「對不起。」

叫我，爸媽第一名

我坐前座，擺在大腿上的是手風琴琴盒。
後座坐著媽媽和爸爸。
媽媽手裡握著兩瓶強效的衛浴清潔劑，
在爸爸手裡則是電視購物買來的
最新型省力拖把……

1

現在老師坐在講台上，她一手托著腮，愁眉苦臉地說：

「班上同學的愛心加起來真的只有這麼一點點嗎？」

南亞發生了海嘯，大家都熱烈地響應賑災活動。我們學校也決定把用來舉辦慶祝校慶活動的錢，投入賑災，並且發起了全校的愛心捐款活動。

「三千，三千一，三千二，三千二百五十，三千二百六十，」老師數著講台上稀稀落落、各式各樣的鈔票，又數了滿桌散落的零錢，「三千二百七十，三千二百七十五。只有三千二百七十五元。」老師嘆了一口氣又說：「同學將心比心想一想，要是海嘯發生在你們家，你是不是也希望大家都能夠發揮愛心，伸出援手？」

班上全都鴉雀無聲。

「不要說隔壁六班捐了六千多元，就連向來最吝嗇、最小氣的八班，這次也捐了將近五千元。看看我們班，一到下課，一半以上的同學都衝到福利社買東西吃，一個一個吃得胖嘟嘟的，可是一說到捐款，全班同學的愛心加起來卻只有這麼一點點……」

老師又嘆了一口氣說：「願意再多捐一點錢的同學請舉手？」

接著老師的目光開始搜尋。老師每看一個同學，那個同學就低下頭。她的目光就這樣像血滴子一樣一排一排橫掃過去，同學的頭也隨之一排一排倒了下去。

我想起兩天前，當老師問：「願意擔任班長候選人的同學請舉手？」時，就有很多同學舉手，不過當時我並沒有舉手。之後老師又選了副班長，我一樣沒有舉手。回家媽媽知道後可有意見了。

「老師問的時候，你為什麼不舉手呢？」她問。

「呃……沒舉手嘛，哎，」我說：「反正舉手也選不上。」

媽媽不高興了，她說：「你沒選看看，怎麼知道自己選不上呢？」

廢話，我當然知道。可是我謙虛地說：

「呃……自己推薦自己，不好意思吧？」

「有什麼不好意思的呢？都什麼時代了，你這小孩子就是這樣彆彆扭扭的。你看看報紙，那些民意代表、縣市首長，有誰不好意思了？如果他們不自己跳出來當候選人，誰選他們呢？」

「可是……」

「沒有什麼可不可是的了，你給我聽好，」媽媽看著我說：「從今以後，學校的事情，只要是好事，你就給我舉手，懂不懂？」

我點點頭。

「光點頭不行，」媽媽說：「剛剛我說的話，你重複一遍。」

「從今以後，學校的事情，只要是好事，我就要舉手。」

「就是這樣。」媽媽滿意了，「以後我會去打聽的，要是該舉手的時候，你扭扭捏捏的不給我舉手，看我怎麼修理你！」

很快，老師的目光看過了第二排，第三排，現在，老師的目光終於落到了我的身上。老師看著我，我也看著老師。

我很猶豫，我本來也想像別人一樣低下頭，可是一想到媽媽說的：「從今以後，學校的事情，只要是好事，你就給我舉手，懂不懂？」我只好硬著頭皮舉起手來。

「啊，小潘，」老師一副感激涕零的表情說：「太好了，你要再捐多少錢？」

我本來想再捐一百元的。可是老師說得那麼激動，讓我覺得如果我只捐一百元好像很不夠意思的樣子。

「三……」我說。

「多少錢？」老師又問得更大聲，充滿了期待。

我對天發誓，我明明只想說三百元，可是我卻聽到自己說：「三千元。」

「三千元！」老師瞪大了眼睛；「太棒了，這麼一來我們班的愛心就超過六班了。」老師簡直手舞足蹈了，她說：「來，小潘站起來，大家給他鼓鼓掌。」

我站了起來。同學們全看著我，開始拍手。

那種感覺很恍惚。當然同學看著我，還有拍手都是真的，可是說不上來為什麼，那個氣氛和前天林怡君、葉炳強選上班長、副班長時大家拍手的氣氛就是不太一樣。

「你什麼？」媽媽問。

我說：「我又捐了一次錢。」

「你捐了多少錢？」我很快發現氣氛更不一樣的是我們家。

「三千元。」我很冷靜地說。

「三千元？」

我點點頭。

「你昨天不是才拿了一百元去捐款嗎？怎麼今天又要捐錢呢？」

「因為老師說我們全班的愛心太少了，一共只有三千多元……」

「所以你就舉手又捐了三千元？」

我又點點頭。

「還有多少人舉手呢？」

「只有我。」

「只有你？」媽媽可火大了，她說：「你爸爸到底是大企業家還是有錢人？你出什麼風頭呢？」

「可是，」我說：「妳不是說：『從今以後，學校的事情，只要是好事，你就給我舉手』？我在想，捐錢給那些可憐的人應該算是好事……」

「就算捐錢是好事，」媽媽手扠腰，不以為然地說：「我問你，你出手那麼大方，錢打算從哪裡來？」

「呃，」我遲疑了一下，「我的銀行帳戶……」

「講到你的銀行帳戶，」媽媽走到廚房打開抽屜，裡面拿出一本記事本，翻開來說：「去年你的壓歲錢三千六百五十元，扣掉一百五十元當零用錢，一共存入銀行帳戶三千五百元。上次你的球鞋踢壞，支出一千零五十元，剩下二千四百五十元……」

「啊？」我說：「那也算在我的頭上？」

「球鞋是你自己踢壞的，不算在你頭上，難道要算在我的頭上不成？」媽媽又繼續說：「打破學校玻璃，賠償費用支出五百一十元，剩下一千九百四十元……」

「可是，我又不是故意的。」

「玻璃是你弄破當然是你負責，誰管你故不故意的。還有，」媽媽又說：「同學的外套披在椅子上被你踢髒了，乾洗費用支出一百八十元，剩下一千七百六十元。另外，你用我的手機跟同學聊天，通訊費支出四百二十元……」

「啊！那也算？」我注意到爸爸提著公事包，開了門走進來了。

「怎麼不算呢？潘二少爺，」媽媽說：「你的銀行帳戶現在只剩下一千三百四十元。請問，你去哪裡找三千元捐給人家呢？」

「扣我今年的壓歲錢？」

「你還想扣今年的壓歲錢？照你這種態度，今年我給不給你壓歲錢都還是問題，扣什麼壓歲錢呢？」

這時候，爸爸開口了，他問：「到底發生了什麼事？」

媽媽嘀嘀咕咕把事情又說了一遍。爸爸愈聽臉色愈難看。聽完之後，他不高興地說：「爸爸媽媽爺爺奶奶給你壓歲錢存在銀行帳戶裡，是給你以後唸大學用的教育基金，不是給你拿去捐款用的，你這根本是慷他人之慨……」

「可是，老師說，我們要有愛心……」我說。

「講到愛心，這次南亞海嘯，爸爸在公司響應一日所得捐款，媽媽在讀書會也捐了錢，哥哥、妹妹，還有你，都捐過錢了啊。我們家哪一個人愛心少了？」

「是啊，」媽媽也幫腔說：「你聽過有人捐款捐到要借錢的地步嗎？這根本不是捐款，這是打腫臉充胖子。」

「可是我用的是自己的錢。」我說。

「你的錢到最後還不是我出的……」爸爸愈說愈大聲，忽然，電話響了。

他跑去接起電話。

「啊，老師。」爸爸臉上立刻堆起笑臉，「捐款的事？對，對，我們聽小潘說了……哈，哈，老師過獎了……是，小潘這個孩子就是熱心公益，我們平時也非常鼓勵他……哪裡，這是應該的，看到災情我們也很難過……是，老師真的過獎了，這只是我們應盡的本分，應該的……哪裡，哪裡，哪裡……」

我和媽媽就站在那裡，欣賞了爸爸長達將近三分鐘的表演，他才掛斷電話。情況有點尷尬。爸爸說：

「看我幹什麼？還不都是你，搞成這樣。」

他心不甘情不願地從口袋裡面拿出皮夾，從皮夾裡面拿出三千元交給媽媽。

「你知道三千元可以讓我們家買多久的菜？」他狠狠地瞪了我一眼，之後，沒說什麼走開了。

氣氛很沉悶，我低著頭，淡淡地表示：「以後在學校我都不要舉手算了。」

媽媽一聽又火大了。她說：「你說這什麼話呢？學校的事，只要是好事，你統統給我舉手，一樣也不能少。」她說：「但是，聽好了，前提必須是你自己能力範圍所及的事情。能力範圍所及，懂不懂？」

我噘著嘴，點點頭。

「你說說，」媽媽問：「什麼是你能力範圍所及？」

「像是……競選班長、模範生、班級幹部。」

媽媽點點頭。「還有呢？」

「參加表演、比賽。」

「對。」媽媽說：「我問你，捐三千元是不是你能力所及的範圍？」

「不是。」

「很好，你再重複一遍。什麼時候，你一定要舉手？」

我說：「在不超出我的能力範圍的前提之下，學校的事，只要是好事，我統統要舉手。」

「這還差不多。」媽媽有點滿意了，她把三千元交到我的手裡，她說：「扣掉你帳戶餘額一千三百四十元，還欠一千六百六十元。以後晚餐家裡的碗由你負責洗，每天算你工資十元，直到你還清債務為止。」

「啊，十元，這麼少？」我抗議說：「那豈不是要洗一百六十六天？這樣不公平，我才欠一點點錢，卻要洗將近半年的碗，才能還清債務？」

媽媽可不高興了，又開始連珠炮似地數落著：

「什麼叫做才一點點錢？一千六百六十元是一點點錢嗎？如果這樣你就覺得委屈，那媽媽該怎麼辦？從小到大，你們吃飯用的每一個碗，哪一個不是我洗的，我欠過你們什麼錢嗎？你聽我抗議過了嗎？」

我一聽事情竟變成了這樣，趕緊閉嘴，可是已經來不及了，更多的哇啦哇啦、唏哩嘩啦……像南亞的海嘯一樣洶湧澎湃地淹沒了過來。

2

捐款的活動很成功，我們一共募集了一百二十八萬元，打破了全區中小學最高紀錄。校長在週會宣布這個消息時，全校的同學無不歡聲雷動。

緊接著，校長又頒獎給這次捐款金額最多的三個同學。很榮幸的，我也以三千元的捐款，榮獲全校第二名，並且上台接受「熱心公益」獎狀一張。

頒獎完之後，校長說了些要大家向我們效法之類勉勵的話，接著話鋒一轉，他說：

「教育局長和市長知道我們學校的同學這麼有愛心之後很高興，他們決定撥出時間參加我們學校下個月的校慶，他們在百忙之中撥出時間來看看同學，同學們感動不感動？」

大家齊聲說：「感——動。」

校長滿意地看看大家，又說：

「大家都知道，我們校慶活動的經費已經全部都捐出去了，我們可以說完全沒有經費了。可是我問同學，雖然我們沒有經費，市長和教育局長卻答應要來看我們了，大家說，我們的校慶活動還要不要辦？」

全校同學異口同聲地回答：「要——辦。」

「同學們說對了，我——們——要——辦。」校長說：「雖然沒有錢，可是我們還有同學。大家都知道，我們學校的同學不但最有愛心，同時也是最有才華的，大家說對不對？」

「對。」

「雖然我們沒有錢，可是我們一樣可以用我們自己的才華，辦出最特別的校慶活動，讓市長和局長全都看到同學的才華，大家說好不好？」

「好。」

「大家有沒有信心？」

「有。」

「有信心的話就給自己拍拍手。」校長說。

全校響起了掌聲。

「我聽不到你們的信心，」校長說：「再大聲一點！」

我和其他兩位有愛心的同學站在校長背後，本來我們還拿著獎狀，可是聽到校長這麼一說，連忙把獎狀夾到腋下，跟著大家更用力拍手。

掌聲變得更大聲了。

不久，學校小小電視台派了一個六年級的小小新聞記者帶著攝影機來採訪我。當我接受採訪的時候，許多同學們紛紛站在我的身後比 V 字形，或者是做出奇怪的表情搶鏡頭。

我說了一些話。錄完影之後，小小新聞記者還跟我要家裡的電話，表示要去採訪家長。我給了她電話，建議她說：

「妳最好先問我媽看看，他們很低調的。」

沒想到爸爸媽媽後來真的都接受採訪了。電視播出的時候，他們兩個人擠在畫面裡，媽媽就站在爸爸的旁邊，爸爸說：

「我們平時就非常鼓勵小潘要熱心公益，幫助別人。特別是這次南亞海嘯賑災，小潘捐了三千多元，不但把自己銀行帳戶裡一千多元的壓歲錢拿出來，還答應幫媽媽洗碗，以打工的方式賺取其他的錢……」

媽媽沒有說話，爸爸每說一句，她就猛點頭，好像要證明爸爸說得沒錯似的。總之，他們兩個人在電視上的樣子看起來真的很好笑。

小小電視台的「一週新聞」還播出了校長頒獎狀給我的畫面。接著是我接受小小記者的採訪。畫面播出時，字幕上打出了五年七班的字樣，還有我的名字，讓我覺得很神氣。唯一小小的缺憾是那些不斷地跑出來干擾的同學，他們搶鏡頭的行為使得原本莊嚴的氣氛少了很多。對於這些同學，礙於我目前的「大好人」身分不方便多說，我只能在心裡默默想著：

真是一群超級白癡！

對於這些同學的行為，老師一點也沒有不高興的反應，她完全沉浸在畫面上「五年七班」的字幕裡。報導結束之後，老師關掉電視，她立刻叫我站起來，稱讚我是「五年七班」的楷模，還要同學多多跟我學習……諸如此類的話，然後又讓全班再為我鼓一次掌。

我完全陶醉在掌聲裡，說真的，那種感覺實在很不錯，媽媽應該來看看這個場面的。照這樣下去，別說只是「熱心公益」了，哪怕是「捨生取義」，恐怕我都會義無反顧的……

緊接著小小電視台的一週新聞之後是班會時間。老師宣布：

「現在，我們要選舉班上的幹部。」

我一聽到要選幹部，神經立刻緊繃起來，特別是想起昨天和媽媽的對話，心臟更是隨之怦怦地跳著。

「你說這什麼話呢？學校的事，只要是好事，你統統給我舉手，一樣也不能少。」媽媽說：「但是，聽好了，前提必須是你自己能力範圍所及的事情。能力範圍所及，懂不懂？」

我噘著嘴，點點頭。

「你說說，」媽媽問：「什麼是你能力範圍所及？」

「像是……競選班長、模範生、班級幹部。」

「首先，」老師說：「我們來選舉最重要的風紀股長……」

老師還沒說完，我立刻把手舉起來。果然全班只有我一個人舉手。我正暗自竊喜，沒想到老師卻說：

「小潘急什麼呢？老師又還沒有要同學舉手。你把手放下，我們再來一次，」老師看了看全班同學，「現在，我們要選舉最重要的風紀股長，想參加競選的同學請舉手？」

連同我，這次一共有四個同學舉手。

「好，接下來請他們上台發表政見。」老師說：「小潘，你先來。」

我走上台，清了清喉嚨，開始發表演講。

「假如我能當選風紀股長的話……」我也不曉得哪裡來的靈感，腦海裡面冒出了各式各樣的方法，如何嚴厲地監視同學、如何登記、處罰那些愛講話的頑劣分子……一發不可收拾。糟糕的是，雖然我講得很精采，可是每當我說出一個方法，或者義正詞嚴地指出那些同學如何損害班上的榮譽時，同學立刻發出笑聲。本來笑聲不大，後來我愈講愈激動，同學好像存心跟我作對似地，我每說出一個方法，他們就故意笑得更大聲。老師受不了了，打斷我的發言。她問同學：

「有什麼好笑的呢?」

「超級頑劣分子就是他自己啊!」莊討厭才說完,全班又是哈哈大笑。甚至還有幾個人鼓掌附和。

我瞪了莊討厭一眼。他也回瞪了我一眼,一副「來啊,來啊,誰怕誰?」的表情。老師沒說什麼,讓我繼續發表政見。我就在這種「連自己人都不挺自己人」的情況下發表完了政見。

當然,隨之而來的落選也就變得無可避免。

選完風紀股長之後,老師講了一個「周處除三害」的故事。大意是說晉朝時有一個叫周處的傢伙,發憤要做好人,替地方上的老百姓除掉「三害」。他先成功地做掉了一條怪怪龍,接著又砍了另一隻咬人虎。等他要對付最厲害也是最壞的第三害時,才發現原來大家所謂的「第三害」就是他自己這個大流氓。最後,他終於改過自新,把自己也幹掉了。

同學們都明白老師的意思,我當然也知道。說真的,我很樂意向周處學習。老師說故事的時候,我心裡就一邊想著:如果我是周處的話,第一個要幹掉的大害就是莊討厭……

講完故事,老師接著宣布選舉學藝股長。

「我！」我又舉手了。

這次只有三個人舉手。雖然當選的機率比上次高了一點，可是輪到我上台發表政見時，同學一樣是我說一個政見，他們就大笑一回，搞得我的演講根本寸步難行。這次老師不再問同學笑什麼了。她直接打斷我的政見，嘆了一口氣說：

「小潘，都怪你平時交作業簿老是拖拖拉拉的。」

當然，在這麼惡劣的局勢之下，隨之而來的命運也就變得愈發無可避免。

儘管如此，我仍再接再厲。

老師問：要選經濟股長的同學舉手？我舉手說：我！

老師又問：要選體育股長的同學舉手？我也舉手說：我！

我屢敗屢戰，從風紀、學藝、經濟、總務、體育股長，無役不與。隨著職位一個一個落空，我的心愈來愈暗淡。最後，眼看只剩下一個衛生股長了。

「現在，」老師宣布：「我們要選出最後一個……」

老師還沒說完，我的手已經悲壯地舉起來了。我環顧全班，只有我一個人舉著手。

「小潘，」老師問：「你知道現在選什麼股長嗎？」

「衛生股長。」我說。

「衛生股長要負責外掃區，還有男生廁所，很辛苦你知道嗎？」
我點點頭。
「衛生股長每天早上七點鐘要到校監督並且參與掃地，你知道嗎？」
我又點點頭。
「好吧，既然小潘都能在家裡替媽媽洗碗，當衛生股長應該也沒有什麼問題，看在小潘今天第六次參加競選的份上，」老師說：「老師建議衛生股長不用選了，就由小潘來擔任，大家說好不好？」
同學一片沉默，沒有人說好或不好。
「既然沒有人反對，」老師宣布：「那麼，小潘就是衛生股長了。」
當選了衛生股長，我心裡本來還得意地想著：這下可威風了。可惜事實和我想像的有點落差。下課後經過走廊，莊討厭一看到我走過來，忽然反常地立正站好，必恭必敬地說：「衛生股長好。」
我白了他一眼。
王大胖看到了，覺得很有趣，也跑過來說：「衛——生——股——長——好。」
王大胖說完之後，趙機車、汪白目紛紛跟著有樣學樣。

「衛——生——股——長——好！」

「衛——生——股——長——好，」汪白目還故意模仿echo的音效拖長了尾音，「好……好……好……」

我說：「你們神經病啊！」

莊討厭帶頭嗲聲嗲氣地說：「從今以後，小潘就是我們五年七班的楷模，以後大家要跟他多多學習，知不知道？」

王大胖、趙機車，汪白目三個人異口同聲說：「知——道。」

莊討厭又說：「看在小潘那麼沒人緣，選了半天都選不上，還有看在他每天替媽媽洗碗那麼可憐的份上，同學們不要選了，就讓他當衛生股長，大家說好不好？」

三個人露出了興奮異常的表情，很有默契地說：「好！」

「神經病。」我知道他們在耍白癡了，決定不理他們。

才走沒多遠，立刻聽見莊討厭模仿我的聲音與口氣說：「神經病。」

我一點也不知道那有什麼好笑的，可是他們全都笑得東倒西歪。

下一節是音樂課，唱歌唱到一半時，老師忽然停了下來，拿出一張表格，開始問同學：

「班上有沒有人學過小喇叭，會吹小喇叭的同學請舉手？」

大家你看著我，我看著你，沒有人舉手。

「都沒有人會小喇叭？」音樂老師有點失望地在表格畫了一個×，又問：「那，法國號呢？」

還是沒有人舉手。

「唉，」音樂老師放下了表格，開始抱怨：「你們也聽校長說了，今年有貴賓要來參加校慶活動，因此樂隊必須提早展開集訓。問題是去年六年級的同學畢業後，樂隊少了很多人手，何況現在離校慶只剩下一個月不到的時間……」

面對著鴉雀無聲的全班，老師嘆了一口氣。他拿起表格，繼續又問：

「手風琴呢？我們需要補充一個名額。」

還是沒有人舉手。

老師補充又說：「如果不會手風琴，鋼琴也可以。會彈鋼琴的同學請舉手？」

雖然我學過鋼琴，可是剛剛被莊討厭消遣了一番之後，我有點不太想再舉手出風頭了。正這樣想著時，忽然看見莊討厭把手舉了起來。

「我！」他興致勃勃地大叫著。

我心裡可得意了。呵，莊討厭！這可是你自己送上門來了。我想都不想就跟著把手也舉了起來。

「我！」我也喊著。

音樂老師看著我們兩個人。

「莊同學，」音樂老師問：「你學了幾年鋼琴？」

「兩年。」

「潘同學呢？」

我必須費很大的力氣，才能讓自己的表情看起來沒那麼驕傲。我說：

「五年。」

老師要我們兩個人上台分別彈奏一首曲子。

莊討厭彈了一首蹩腳的〈森林裡之布穀鳥〉，布穀鳥的叫聲被他彈得像是烏鴉。

我則好整以暇，輕而易舉地彈奏了一首修姆改寫的〈蕭邦和巴德瑞夫斯基〉圓舞曲。

我不想多費唇舌解釋什麼，光是看名字大家就應該知道兩者程度的差別有多大。

彈完之後，事情變得再明顯不過了。音樂老師問我：

「潘同學，你願意加入學校的樂隊嗎？」

我看了莊討厭一眼。如果可以的話，我真的很想學他剛剛的語氣，對他大吼：

「從今以後，小潘就是我們五年七班的楷模，以後大家要跟他多多學習，知不知道？」

可是我並沒有那麼做，我只是把頭轉向老師，就像教堂中的婚禮那樣，端莊賢淑地說：「我願意。」

「從今天起，每天早上七點鐘就到學校集訓，直到校慶結束，有沒有問題？」我又看了莊討厭一眼，想都不想就提高了音調說：「當然沒有問題。」

【電話】

「怎麼會沒有問題呢？」當我在電話中把這接二連三的好消息向媽媽報告時，媽媽的反應和我的預期似乎有很大的落差。她說：「你說衛生股長要七點鐘到校，樂隊集訓也要七點鐘到校，你哪來那麼多分身？」

「我可以六點就先到學校打掃啊。」我說。

「那我要幾點起床伺候你啊？」媽媽沒好氣地說：「平時三催四請，連八點鐘到校都會遲到的人，現在六點鐘就要自動到學校？」

「媽，」我說：「妳不是說了嗎？在我自己能力範圍所及的前提之下，學校的事，只要是好事，我統統要舉手，一樣也不能少。現在我好不容易當了衛生股長，又被選進學校樂隊，妳應該高興才對啊……」

媽媽在電話那頭沉默了一下。她問：「你確定這些都是你能力範圍所及？」

「當然，」我說：「這和上次捐款不一樣，只要我願意花時間就可以了。我都問過了，掃地不用錢，參加樂隊也不用錢，不但如此，學校還會免費把手風琴借給我帶回家練習，我保證這次絕對不花你們一毛錢……」

放學前我去音樂教室向音樂老師報到。他給了我幾張樂譜，還和我一起到音樂器材室找出了看起來很久沒有人使用的手風琴。

老師從琴盒裡面把手風琴拿出來，比畫了兩下給我看。之後又把手風琴給我，教我拉風箱的姿勢，各種鍵盤、鍵鈕，以及基本注意事項。

「很簡單的，你拿回去對著樂譜練看看，應該跟鋼琴差不多。」

我點了點頭。協助老師把風箱的氣排掉，又把琴收回琴盒裡面。

「小心喔，」音樂老師說：「這琴不便宜。」

「噢。」

我一邊背著書包，另一手拎著這個剛到手的大玩具，得意地走在放學的人潮中。不曉得為什麼，一路上，不管認識、或者不認識的人，都和我打招呼。我心想，唉，人要紅有什麼辦法呢？因此，只要有人跟我打招呼，我就跟他們做個小小的鬼臉，算是回應。

我一點也沒有注意到什麼時候，我已經被擠到校門邊。忽然間，有個力量推了我一把，一個重心不穩，我踉蹌了兩、三步，接著是「鏮噹」的一聲巨響，等我反應過來，手風琴已經撞到圍牆，跌落在地上了。

周遭的同學全停下腳步，關心地看著我。這時候，忽然有個人說：

「咦？你不是今天一週新聞採訪的那個『熱心公益』的同學嗎？」

我心不在焉地點點頭，心裡想著我得趕快打開盒蓋檢查手風琴的狀況。沒想到大家一認出來是我，紛紛跑來跟我握手。更誇張的是，竟還有人拿出記事本，要我簽名。

在一一招呼過這些「粉絲」之後，我開始意識到做為一個「偶像」級的公眾人物，狼狽地蹲在地上檢查手風琴似乎是有失體統的。於是，我決定微笑地彎下腰，撿起琴盒，裝出若無其事的樣子，優雅地走開。

一路上，仍然不時有人跟我招手。雖然我熱心地回應，並且親切地微笑，可是每走一步，我就聽見琴盒裡面發出一種「嗡嗡」的微弱共鳴聲，好像有人悶在裡面，快斷氣了似的。

我有點不知道該得意還是難過才好。一時之間，腦海裡浮現剛剛在電話中和媽媽的對話：

「我保證這次絕對不花你們一毛錢……」

我心裡想，我應該是搞錯了。

3

樂器行老闆說出費用一共是四千二百元時，爸爸睜大了眼睛，我猜得出來他很想說：「這麼貴？」可是他並沒有說出口。

樂器行的老闆把手風琴放回琴盒，笑著說：

「還好只是音管的固定鬆脫了，要是操縱組件，或者是框架結構撞壞了，連修都不能修，那才叫麻煩呢。」

爸爸面色凝重地掏出皮夾，數了四千二百元的鈔票交給老闆。

「這一台大概要多少錢？」他問。

老闆收下了鈔票，「全新的話……」他估計了一下，「大概十多萬元吧。」

「這麼貴？」一直不說話的媽媽也開口了。

「不貴，」老闆蓋上琴蓋，「真要貴的，還有二、三十萬元一台的呢。」

爸爸似乎有點不相信這個價錢似地，自言自語地說：「都快可以買部汽車了。」

「好了。」老闆把琴盒往前挪了挪。

我伸出手，正要拎起琴盒，立刻被媽媽阻止了。

「這麼貴的東西，」她不放心地說：「我看還是讓你爸爸提好了。」

爸爸看了我一眼，說不出是生氣還是無奈，一手提起琴盒，二話不說就往外走。眼看爸爸似乎不是很愉快，我和媽媽像是小跟班，慌慌張張地追隨在後。一邊走我一邊辯解：

「我也不喜歡這樣啊，是媽媽說學校的事，只要是好事，我統統要……」

話都還沒有說完，立刻被媽媽打斷。

「你搞清楚，我說的好事要『在你自己能力範圍所及』的前提之下。這麼貴的琴，真要賠償，是你能力所及的範圍嗎？」

我噘著嘴說：「我事先又不知道會變成這樣。」

「小潘，我最討厭聽到你說這樣的話：『我事先不知道會變成這樣』，『我事先不知道會變成那樣』……你要知道，你現在已經是高年級，做事情本來就是要考慮前因後果。如果你老是心不在焉，這麼不負責任，跟一、二年級的小 baby 有什麼兩樣？」

我覺得很洩氣，賭氣地說：「負責就負責，四千多塊錢了不起我再洗一年多的碗就是了。」

一直走在前頭的爸爸這時忽然停下來，轉過身來。

「你每天洗碗，我就不用出錢了嗎？」他問：「這次四千多塊錢洗一年多，下次撞壞十二萬塊錢，你打算洗多久？」

爸爸就這樣目露兇光，逼視了我好一會兒，才轉身往停車場走去。

我站在那裡愣了一會兒，看見爸媽兩個人走向汽車，爸爸先打開車門，讓媽媽跨進汽車，小心翼翼地把琴盒交給媽媽，然後關上車門，再走到駕駛座那側，打開車門……

十二萬元除以一天十元得到一萬二千天。如果一年是三百六十五天，我約略計算一下，一萬二千天，應該是，呃……三十多年的時間。

三十多年，的確不能算是很短的歲月。

汽車內安靜極了，只剩下引擎的聲音轉啊轉的。

我垂頭喪氣地說：「如果你們不贊成我參加樂隊的話，我明天就去跟音樂老師說退出算了。」

「小潘，」媽媽說：「你搞清楚，我們可從來沒說過不贊成你加入樂隊。」

「如果沒有不贊成，為什麼那麼生氣呢？」

「哪有誰生氣？」媽媽的聲音很大，表情也很難看。

我沒有回嘴，也不想再自找麻煩。明明就是生氣了，還說沒有。我不屈不撓，繼續又問：

「沒說過不贊成，就是贊成的意思嗎？」

媽媽想了一下，堅定說：「對，就是贊成的意思。」

「既然贊成，」我問：「爸爸的臉為什麼是那種表情？」

爸爸火大了，沒好氣地說：「臉是我的，我愛什麼表情就什麼表情，關你什麼事？」

「那爸爸到底贊不贊成嘛？」我也不甘示弱地問。

爸爸不說話了。一輛疾駛的救護車閃爍著紅燈，從我們眼前呼嘯而過。

「參加樂隊當然是好事啊，」媽媽打圓場說：「問題是你把手風琴弄壞，害爸爸花這麼多時間，又浪費這麼多錢，他當然生氣。對不對，啊？」媽媽用手肘頂了頂爸爸，又跟爸爸擠眉毛，弄眼睛。

爸爸還是沒反應。媽媽為難地看看爸爸，又看看我。

「小潘，你趕快跟爸爸說，你保證一定好好保管手風琴，不會再弄壞了。」

我猶豫了一下，這實在不是什麼保證不保證的問題。

「你說啊，」媽媽催促我：「小潘。」

我看了媽媽一眼，心不甘情不願地說：「我保證……」

還沒說完，爸爸立刻嗆我說：「他拿什麼保證？」

瞬間，車內又恢復死寂。媽媽不知想著什麼，過了一會，她對爸爸說：

「我看，以後還是你開車送他上、下學吧。」

「什麼？」爸爸差點跳了起來。

「小孩參加樂隊當然要鼓勵啊，問題是這麼大一台手風琴他每天提來提去的，」媽媽說：「萬一又撞壞……」

紅燈亮了，汽車也停了下來。

爸爸沒說什麼，挨了一記重擊似地閉上眼睛，張開了嘴，他慢慢地仰起頭，彷彿向老天無言地抗議著什麼。他持續著這個動作，直到綠燈亮了，後面的汽車猛按喇叭，才恢復過來。

汽車繼續向前進，穿越過了號誌燈路口，轉彎。

「好吧，」爸爸做了一個深呼吸，他說：「八點鐘以前要到學校，對不對？」

「平時的確是八點沒錯，」媽媽說：「可是學校的樂隊規定一早七點鐘就要到校集訓了。」

我看見爸爸又做了一次深呼吸。他說：「七點鐘？」

「呃……」我說：「其實也不全然是七點鐘。」

「什麼意思不全然是七點鐘？」爸爸問。

「七點鐘原則上是樂隊集訓沒錯，」我吞吞吐吐地說：「可是今天我還舉手競選幹部，結果我當選了衛生股長……」

「你什麼？」

地下停車場。現在大家都走出了汽車，爸爸鎖上車門。

「總之，」媽媽說：「明天早上最晚五點半一定要起床，吃完早餐，六點鐘以前就要送小潘到學校打掃。」

她把手上的手風琴連同琴盒小心翼翼地又交給爸爸。

我則反覆地在那些學校的事，只要是好事，只要我能力範圍所及……等等媽媽所謂的原則不停打轉，想辦法讓我的事情看起來比較理直氣壯。

爸爸似乎沒在認真聽我在說什麼。他接過了手風琴，在那裡站了一會兒。他的眼神裡充滿了一種，該怎麼說呢……算是，茫然吧。

【第一天】

清晨五點多我被媽媽從床上叫起來時，天色還沒有亮。

「你看看，你爸爸平時都九點半才起床的，現在為了你，這麼早就要起床。」媽媽一邊準備早餐一邊說：「還不趕快跟你爸爸說謝謝。」

我睡眼惺忪地說：「謝謝。」

爸爸趴在餐桌上，抬起頭迷迷糊糊的跟我說了聲：「噢。」

吃完早餐，媽媽跟我們揮手道別，還不忘叮嚀：「路上小心喔！」

我們的汽車就這樣駛出了車道。一路上，除了爸爸哈欠連連之外，我們之間沒有任何對話。靜極了，這灰濛濛的天色，還有空空盪盪的馬路，兩旁的風景如夢似幻。到了學校，我拿著琴盒下了車，回頭跟爸爸揮手，又說了一次「謝謝」。爸爸一定是睏極了，他連「噢」都沒有回答，就把汽車開走了。

六點零五分，一切就諸。偌大的掃地區域只有我一個人。雖然要到七點清潔時間才開始，可是昨天我已打過電話，拜託其他五位同學提早到校。儘管如此，還是只有王芳仁提前趕到，而且是六點五十五分才趕到。

更誇張的是，到了七點鐘，外掃區還是只有我和王芳仁。那時候，清潔工作只完成了將近一半，廁所甚至還沒開始清洗。眼看樂隊就要開始練習，我只好把工作交給王芳仁，趕回教室拎起琴盒，拔腿往音樂教室跑。

【第二天】

一大清早，印象中只記得媽媽說：「路上小心喔！」說完我就在車上昏昏沉沉地又睡著了，沒有灰濛濛的天色，沒有空盪的馬路，也沒有兩旁如夢似幻的風景……過了一會兒，我聽見汽車引擎熄火，接著車門被關上，然後是爸爸大驚小怪的聲音說：「咦，你還沒下車？」

我睜開眼睛就看到爸爸在車外，更誇張的是，汽車竟然還在地下室。

「這是怎麼一回事？」我莫名其妙地問。

「天啊，」爸爸拍了拍腦袋，打開車門，又坐進車內說：「我迷迷糊糊開車送你到校門口，以為你會下車，沒想到你也在睡……」說著，他又重新發動了引擎。

總之，我拿著清掃用具到達外掃區時已經是六點四十分了，沒有任何一個組員出現。情況變得有點棘手。到七點鐘時，連王芳仁都還沒出現。我心裡詛咒著，這些該死、不衛生、沒有責任心又缺乏榮譽感的遲到大王。

偌大的外掃責任區，只清潔了四分之一不到，更不用說有點發臭的廁所了。

【第三天】

汽車到校門口時，是爸爸把我喚醒的。

「小潘，」他有氣無力地說：「下車吧，別又被我載回家了。」我注意到爸爸的眼睛周圍有一圈熊貓似的黑眼圈。

六點零三分，我決定從已經很臭了的廁所開始清潔。到了七點鐘，我的積分是廁所50％，外掃區0％，此外，我的戰力支援也是0％。

七點三十五分，外掃區的那些傢伙總算到齊了。那時候我在音樂教室彈著手風琴。從窗口往外看去，沒有人在掃地，他們只是拿著掃帚彼此打來打去。

……

整潔比賽公布之後的導師時間，我們外掃區整組的成員全被叫上台去。

「光是你們外掃區，就扣掉了班上整潔成績二十分，」老師不滿地說：「你們說，班上其他的同學再怎麼努力，彌補得來嗎？」

我們全都搖搖頭。

「你們不覺得對不起班上的同學嗎？」

大家都點點頭，只有王芳仁搞不清楚邏輯猛搖頭又點頭，搞得全班哄堂大笑。

老師可是氣壞了，罰他用粉筆寫「我對不起班上同學」，寫了半個黑板。

等我們大致上都被罵過一頓之後，接著就是老師對我的個別指導了。

「潘哲敏，」老師說：「當初競選衛生股長時，可是你自己信誓旦旦舉手爭取的，為什麼才新官上任一個禮拜，就做出這種丟臉的成績？」

在老師展開攻擊之後，同學紛紛仿效。一時之間，什麼「清潔時間他根本沒有在打掃」、「他放下衛生股長的工作跑去樂隊練琴」、「他自己說六點要來，其實自己也常常遲到」……各種指責蜂擁而至。

老師一一聽完了同學的指控，做了一個阻止同學再說的動作，她轉身對我說：

「既然接了衛生股長，就要負起責任。要是你的能力真的無法應付，你是不是考慮放棄樂隊集訓？否則你這樣只會落得變成全班公敵的下場……」

我不得不承認，在這種身心俱疲的情況之下，老師的建議真的很有吸引力。然而就在我幾乎要被說服的時候，老師又說：

「至於音樂老師那方面，我想你不用擔心。我知道班上還有一些同學，像是莊同學他們啦，鋼琴都彈得不錯。如果你真想放棄的話，我可以向音樂老師推薦別人來代替你。」

我看了台下莊討厭一眼。說實在的，我並不真的那麼討厭他，可是他那得意洋洋、幸災樂禍的表情讓我改變了主意。

「我想繼續參加樂隊集訓。」我堅定地說。

「那衛生股長呢？你還當不當？」

我點點頭。

「這可不是嘴巴說說的事情，你確定你可以？」

「可以。」我說：「請老師再給我一次機會。」

老師托腮想了一會，她說：「你把家裡的電話給我好了，等一下我得跟你媽媽談一談。」

隔天，清晨五點五十五分的學校門口。

我和媽媽同時下了車，爸爸則留在他的汽車上。媽媽拎著我的琴盒子，跟著我，走啊走啊，走到外掃區。我在外掃區前停了下來，用手指了一個大概的位置。

我說：「從升旗台那裡，有沒有？一直到這裡。」

媽媽不可思議地搖晃著頭，問：「還有呢？」

我又帶著她，走到外掃區廁所前面。指著廁所說：

「廁所全部，包括地面、小便池、馬桶、門面，還有洗手台、鏡面……」

媽媽皺了皺眉頭說：「一個小孩怎麼可能做得完這麼多事情？」

「六個小孩。」我提醒她。

「其他的同學在哪裡呢？」

「現在六點鐘，」我看了看錶說：「他們說清潔時間七點才開始，還怪我跑去樂隊練琴……」

「老師呢？」

「老師說如果我不肯放棄練琴的話，就要負起責任。」

媽媽沉默了一下。

「依照你的個性，媽也覺得很意外……」她說：「為什麼你竟然沒有放棄？」

「我是想，只要再撐一個禮拜，校慶表演過後，情況就會好一點了。再說，衛生股長和樂隊是一種榮譽，我在想……」

「想什麼？」

「我在想，」我說：「如果能不放棄，妳和爸爸一定會很高興的。」

媽媽聽了似乎很感動，她抓著我的肩膀說：「很好，小潘這樣很好，真的很好。媽媽支持你。」

我們一起走回校門口，媽媽把還在汽車內打瞌睡的爸爸叫醒。

「好了啊？」爸爸睡眼惺忪地準備發動汽車。
「發動汽車幹什麼呢？」媽媽說：「你現在停車，人下來。」
「人下來幹什麼？」
「幫你兒子打掃啊。」
「打掃？」爸爸完全清醒過來了，他問：「那不是他自己的工作嗎？」
「問題是他一個人做不完，需要幫忙啊。」媽媽說：「要不然父母親是做什麼用的？」
「就算是幫忙，需要幫成這樣嗎？」爸爸的臉更皺了。
「你這個爸爸到底是怎麼當的？」媽媽可不高興了，「孩子有心要爭取榮譽，你不支持他，誰支持他……」
在媽媽嘮嘮叨叨的氣氛之下，爸爸心不甘情不願地打開了車門，接著我聽到砰的一聲巨大的聲響，我有種錯覺，爸爸似乎是從汽車裡面跌出來的。
六點多的早晨，天邊的雲彩漸漸泛起了魚肚白。
我拿著掃帚站在外掃區，停下來搥一搥瘦得不能再瘦的背。
天色愈來愈亮了。在這麼美好的早晨，我看見媽媽和爸爸，一個人拿著拖把和水桶，另一個人拿著抹布，不停地進進出出廁所，忙著掃地、抹地、沖馬桶……我有一種很內疚的感覺，可是又不知道該怎麼表達。

直到將近七點鐘，我都還可以聽見爸爸碎碎唸的聲音。媽媽走過來跟我說：

「你去音樂教室練琴吧，這邊差不多了，只剩馬桶一些污垢比較不好清洗。你放心，剩下的部分，我和爸爸會留下來和你們那組同學一起完成的。」

我點了點頭，好奇地問：「爸爸都在碎碎唸些什麼？」

「你不要理他，他這個人就是這樣，」媽媽說：「唸完就沒事了。」

「我真的想知道嘛。」我說。

「真的想知道？」

我點點頭。

「好吧，既然你想知道，」媽媽想了一下，「你爸爸說：他上班工作了十多年，從公司賺了不知多少錢回來養家活口，人家也還沒讓他掃過一天廁所。」

爸爸媽媽一直到七點半左右才離開學校。

糟糕的是，走出學校門口時，他們發現汽車不見了，地上留著一排顯然是電話號碼的粉筆字。爸爸打電話過去，才知道由於違規停車，汽車被交通大隊拖吊走了。

4

星期五清晨五點五十分。

爸爸媽媽學乖了，這回我們全在計程車內。

我坐前座，擺在大腿上的是手風琴琴盒。後座坐著媽媽和爸爸。媽媽手裡握著兩瓶強效的衛浴清潔劑，在爸爸手裡則是電視購物買來的最新型省力拖把。

計程車司機見到我們這麼一大套行頭，不免好奇地問怎麼回事？沒想到爸爸才說了一點原委，計程車司機立刻哈哈大笑地說：

「原來你們也是現代孝子！不過這點苦可不算什麼……」

說完他開始如數家珍地數落他為了讓小孩讀書，如何兼了幾個工作，等一下八點還要趕去再上一個白班等等。爸爸一聽到有人比他更辛苦，興致全來了，他把這幾天的委屈、抱怨全吐露出來。司機也不甘示弱，爸爸每講一件，他就回應一件，兩個爸爸就這樣一來一往，故事愈悽慘，他們的笑聲愈大。

事實上，爸媽這一個禮拜幫忙下來，讓我們班得到了本週全年級整潔比賽冠軍，老師甚至答應今天讓我上台領獎杯。不但如此，音樂老師也稱讚我的手風琴進步神速，他還安排了一段十六小節的獨奏，讓我在校慶表演中演出。更令人興奮的是，昨天美勞課老師宣布我的作品得到校慶杯美術比賽第一名，我又上台接受了一次同學的掌聲。下課後，美勞老師還特別把我叫去辦公室，跟我商量很重要的事情……

兩個爸爸愈談愈熱絡，話鋒一轉，司機先生說：

「今年我的大兒子在美國終於拿到博士了，下下個月我就要飛到美國參加他的畢業典禮，」他一臉陶醉的模樣，「只要想到小孩子有了自己的成就，我們當父母的，就算再多的辛苦也值得啊！」

「是啊。」爸爸附和著。他把雙手擱在腦後，彷彿正冥想著我得到了博士的樣子，並且深深沉浸其中。

氣氛再也沒有比現在更好的時刻了，於是我乘機鼓起勇氣說：

「爸爸，昨天美勞老師宣布我得到校慶杯美術比賽第一名了。」

「真的啊。」

「校慶當天校長會頒獎給我。」

「那很棒啊。」

「學校還要把得獎的圖畫油漆到學校的圍牆上。」

爸爸一點也沒有知覺到什麼，只是得意地伸手過來撫著我的頭。他不知想著什麼，自我安慰似地說：

「幸好今天已經禮拜五了，禮拜六、日休息兩天，只要再撐過禮拜一，禮拜二校慶結束之後就可以解脫了。」

「關於圖畫，呃……」我說：「老師說由於貴賓禮拜二就要來了，所以最遲禮拜六、禮拜日一定要把圖畫油漆上去。」

「嗯。」

「學校還說會準備好油漆，」我繼續又說：「家長一點都不用花錢。」

爸爸終於開始察覺到事情有些不太對勁了。他坐直了身體，趴到座位旁，問我：

「你是說禮拜六、禮拜天？」

我點點頭。

「我們家長……」

我又點點頭。

「不會吧……」爸爸喃喃地說。

我沒有說什麼，說真的，現在我開始很同情爸爸了。

計程車裡面的氣氛一下子從繁花盛開掉進了冰天雪地的沉默裡。只有計程車司機，從後照鏡看著爸爸的表情，露出一抹詭譎的微笑，自顧吹起口哨來了。

阿媽說
胖胖的
才是漂亮

為什麼同樣是有頭有臉的人，
偶像的身材是優點，髮型變成了缺點？
同樣的事情到了董事長、總經理身上，
髮型又變成了優點，身材變成了缺點？
優點、缺點到底是由誰規定？
我們又應該效法誰的什麼呢？

1

「小潘，你自己說，你的頭髮到底什麼時候剪？」

「拜託啦，」我說：「下午阿媽就要來了。」

「我才拜託你咧，從開學就應該剪頭髮了，說好開學以後剪，結果又拖到校慶音樂會，音樂會之後又說躲避球賽，躲避球賽之後又說複賽，現在冠亞軍決賽都打完了，你還有理由？我問你，你的頭髮和阿媽來台北有什麼關係？」

「求求妳啦，」我說：「剛剪完頭髮真的很難看，下午阿媽來台北一定會笑我。」

「阿媽不會笑你的。」

「一定會。」我一口咬定。

媽媽不耐煩了，走到電話前，拿起話筒說：「好，你現在就打電話去南部給阿媽，你自己問她，看她會不會笑你。」

我接過了話筒，猶豫了一下說：「我不要打了。」說著又把話筒掛了回去。

「為什麼又不打了？」

「你們大人都好奇怪，上次我剪完頭髮，全班同學笑得東倒西歪，說我看起來像一個『超級大傻瓜』，只有妳和我們導師的看法和別人都不一樣。」

「有什麼不一樣？」

「導師一走進教室看到我，嘴巴張得大大的，她說，小潘今天看起來實在是太……她想了好久，終於說，太可愛了。她一說完，全班又是哄堂大笑。」

「有什麼不對，」媽媽說：「我也覺得很可愛啊。」

「可愛就是很醜的意思啊。」

「亂講，」媽媽說：「可愛就是可愛，可愛怎麼會是很醜的意思呢？」

「反正你們大人事先都串通好了。到時候阿媽一定也說什麼很好看啦、很可愛那一類的話……」

「你不要隨便誣賴人，我可從來沒有和你阿媽串通過什麼。」

「就算沒有串通，你們大人也很奇怪，講的話都一樣。」

媽媽邊笑邊說：「真的是很可愛啊。」

「你們心裡想的根本不是那樣，要不然妳為什麼會一直笑？」

「奇怪了，我笑也不行，」媽媽拿了一張報紙，指著報紙政治版、財經版上面的照片說：「你自己看看，這些有頭有臉的大人物，誰的頭髮不是剪得短短、分得規規矩矩的。他們心裡不喜歡，會把自己弄成那樣嗎？你自己看看，他們有人像你這樣，劉海這麼長，連眼睛都遮住了嗎？」

我看了一眼那些照片，都是一些長得胖胖肥肥的什麼部長、董事長、總經理，一個比一個還要醜。我不服氣地把報紙翻過來，指著影劇娛樂版上許多影星、歌星的照片說：「他們一樣是有頭有臉的大人物啊！」

哥哥也附和我，指著其中一個他的偶像照片說：

「他的頭髮就比小潘還要長。」哥哥的學校規定，只要手指頭伸進頭髮裡，頭髮從指縫露出來，就要處分。

媽媽不屑地看了看報紙。

「好，你說他是個有頭有臉的大人物？」

哥哥點點頭。

「那我問你，報紙上面寫著人家體重六十五公斤，你幾公斤？」

哥哥理直氣壯地說：「我也六十五公斤。」

「這裡寫著人家身高一百八十公分，你幾公分？」

「我……」

「說啊，幾公分？」

「一百六十八。」

「人家偶像瘦瘦高高的，你怎麼不多學學人家的優點，而不是缺點呢？」

眼看哥哥被逼進死角，我挺身而出問：為什麼同樣是有頭有臉的人，偶像的身材是優點，髮型變成了缺點？同樣的事情到了董事長、總經理身上，髮型又變成了優點，身材變成了缺點？優點、缺點到底是由誰規定？我們又應該效法誰的什麼呢？

我和媽媽陷入了無止無境的爭論。總之，媽媽也說不出個所以然來，最後她惱羞成怒了，生氣地說：「不要再說了。我問你，你的頭髮到底什麼時候剪？」

不是討論得好好的嗎，怎麼忽然又繞回了原點了？

「等阿媽回去啦……」我說。

「不行，你自己照鏡子看看，額頭的劉海長得都遮住眼睛了，阿媽看到這個樣子，一定會怪我都不管你。等一下吃完中飯，你就給我去剪頭髮！」

「拜託啦……」

「不行！」媽媽歇斯底里地打斷我，「你要是不去，吃完中飯我親自陪你去。」

「是押著我去吧？」

「隨便你怎麼說，反正吃完中飯就去剪頭髮。」媽媽說完，一個轉身，就這樣離開了。

2

一頓午飯還沒吃完，阿公、阿媽至少打了三通電話來交代各項事宜。第一通電話阿媽說她和阿公已經買好車票了，半個小時內就會上車，大約在晚餐前抵達台北，請我們不要煮晚餐，他們會帶食物來。緊接著第一通電話之後沒多久，阿媽又打來了第二通電話。

「阿媽想起來了，小潘不是最喜歡吃南部的『雞肉飯』嗎？阿媽今天就給你帶到台北去，好不好？」

「呃，雞肉飯……」

相對於餐桌上水煮絲瓜、菠菜這些健康食品，雞肉飯當然很迷人，可是一轉身我就看到了媽媽不斷地對我眨著眼睛。

「雞肉飯應該是哥哥最愛吃的才對，」我趕緊把話筒丟給哥哥說：「哥，阿媽找你。」

哥哥接過話筒，狠狠地瞪了我一眼。

「是，雞肉飯……」誰都看得出來他的良心正在掙扎，哥哥吞吞吐吐地說：「不用了吧，阿媽，班車時間不是快到了嗎？這樣太……太麻煩了吧。」

我的座位距離話筒起碼有一公尺，可是我很清楚地聽到阿媽的聲音從話筒裡傳出來，她說：「不麻煩，叫你阿公騎摩托車去買，很快的。」

「可是，媽媽說……」

「你放心，我剛剛已經和你媽媽說好了，」阿媽一派天真地說：「她晚餐不煮了，沒有問題的。」

結果我們完全沒能夠阻止阿媽的攻勢。哥哥一掛上電話，媽媽的臉立刻拉得好長，餐桌陷入一片沉默氣氛裡。媽媽放下了筷子。

「平時叫你們吃東西要節制不節制，天天說要減肥，結果愈減愈肥。現在可好，阿媽要來了，我看你們怎麼辦才好？」哥哥、爸爸和我三個嫌疑犯全低下了頭。媽媽又說：「阿媽的觀念很傳統，她疼愛你們的方式就是餵你們吃東西，我是她媳婦，不方便多說些什麼。可是這次我有言在先，你們最好自我節制一點，否則……」媽媽想起什麼似地，忽然說：「妹妹，去拿磅秤。」

妹妹立刻咚咚咚跑去浴室把磅秤搬來，眼神裡充滿了期待。媽媽瞄了一眼磅秤，不客氣地說：「大潘，你先來。」

大潘從座位起身，順從地站上磅秤。

「六十五公斤半。」媽媽皺了皺眉頭，示意大潘從磅秤下來，「小潘，該你。」

「吃飯吃得好好的，」我老大不情願地說：「為什麼說要量體重就量體重？」
「好讓你們知所節制啊。我現在正式宣布，這次阿媽回去以後，每超重一公斤，我扣你們一個禮拜的零用錢。」
「啊？不公平，」我和哥哥齊聲抗議，我說：「妳明明知道阿媽來了一定會煮個不停，一直叫我們吃……」
「嘴巴長在你們自己身上，你們不吃不就沒事了嗎？」
「那怎麼可能，」我抱怨著：「阿媽一定又會說：哎啊，乖孫，要多吃一點才行，你這樣太瘦了……」
「你到底秤還是不秤？」
我嘆了一口氣，踩上磅秤。
「上個禮拜才四十公斤，這個禮拜變成了四十一點五，這下可好，等阿媽回去，你打算變成幾公斤？」她嚴峻地瞅了我一眼，又把目光射向爸爸，「輪到你了。」
爸爸正好盛了第二碗飯，坐下來要吃。他問：
「一定要秤嗎？」
「爸爸當然要以身作則。」
爸爸嘆了一口氣，有點無奈地起身，挺著大肚子站上了磅秤，一下子又跳下來了。除了媽媽的驚鴻一瞥之外，根本沒有人看清楚他到底有多重。媽媽說：

「你最狼狽。」

爸爸沒說什麼，面無表情地坐下來繼續吃他的飯。

妹妹主動要過磅，不過媽媽說妹妹不用，因為她很輕盈，愛怎麼吃就怎麼吃。

媽媽去找來一張Ａ４紙，認真地把我們的體重一一記錄。

「萬一阿媽回去之後，我們體重減少了，有沒有獎金呢？」我問。

媽媽根本不理我。我不死心，又問了一次。

「不可能的事情就不要討論了。」媽媽說。

「哪有只有處罰，沒有獎賞？不公平。」哥哥說。

媽媽想了想說：「好，大潘、小潘和爸爸三個人比賽減肥，每一公斤五十元。這樣有賞有罰，公平了吧？」

「這樣會不會太過於……」爸爸有點畏怯地說：「骨肉相殘？」

「什麼骨肉相殘？」媽媽不快地說：「怎麼不說是互相砥礪呢？」

電話又響了。我接起電話，又是阿媽。

「我終於想起來了，」她興高采烈地說：「阿媽真是老糊塗，小潘愛吃的應該是正宗『圓環肉圓』，對不對？」

「圓環肉圓？」

之後的事我不想再多說了。總之，剛剛的情境，包括媽媽的臉色、阿媽的百般慫恿、種種言不由衷以及無力的拒絕……全在我身上又重演了一遍。結果阿媽又指使才買「雞肉飯」回來的阿公，風塵僕僕地騎著摩托車繼續去採購「圓環肉圓」。至於電話這頭，則是大潘偷笑的表情、媽媽一張絕對不能說是好看的臉，以及山雨欲來風滿樓的膨脹氣氛……只有爸爸，悶著頭扒完了第二碗飯，一副完全置身事外的模樣，抬起頭來說：

「再給我一碗吧！」

顯然時機不太對勁，況且已經是第三碗了。媽媽老大不高興地回答：

「沒有了。」

「奇怪了，」爸爸抓著頭說：「剛剛盛飯的時候，明明還看到飯的？」

媽媽喃喃地唸著：「這個家是怎麼了，全家我的體重最標準，卻只有我一個人在替大家的身材煩惱，還惹人討厭，我到底是為誰辛苦為誰忙……」

我們一直跟爸爸擠眉毛弄眼睛，可是爸爸有點搞不清楚狀況，他就這樣拿著碗，著魔似地往電鍋的方向前進。

「如果連做爸爸的都不能以身作則，」媽媽的聲音愈來愈大，「這個家怎麼帶啊？」

情勢很緊張。你可以發現媽媽的火力已經直接對準爸爸了，可是爸爸仍然無知地勇往直前。就在爸爸伸出手要掀開鍋蓋時，媽媽忍無可忍地從座位跳了起來，一個箭步衝上去，擋在爸爸和電鍋之間。她水平張開雙手，像母雞保護小雞一樣護住身後的電鍋。

「沒有了，」媽媽大吼著：「我說沒有就是沒有了！」

吃完午餐後，媽媽要求我們觀賞一部不知她從哪裡弄來的影片。

「天哪，」爸爸哼了一聲說：「又是莒光日電視教學！」

「莒光日電視教學是什麼意思呢？」媽媽瞪了爸爸一眼，「你到底是看，還是不看呢？」

「看看小孩子覺得怎麼樣好了。」

「我沒什麼意見，」哥哥機伶地看了看我，「看看小潘覺得怎麼樣好了。」

雖然我不知道什麼是「莒光日教學」，可是你實在不難從爸爸的口氣判斷莒光日電視教學是好事還是壞事。只是，我的如意算盤是：如果看這個什麼莒光日鬼打架的影片可以讓我多拖延一點剪頭髮的時間，等阿公、阿媽抵達台北時，媽媽或許就沒有時間「陪」我去剪頭髮了。
「好啊，」我裝出欣喜若狂的表情說：「我最喜歡看莒光日教學了！」
爸爸和哥哥都露出了不可思議的眼神。
「妹妹呢？」媽媽乘勝追擊。
「嗯。」
結論很明顯，媽媽已經透過和平的手段，掌握了超過百分之五十以上的民意。沒有人再做無謂的抵抗。她露出微笑，把光碟插入播放機中。

【關於影片】

影片一開始出現了穿著醫師制服的外國人對著鏡頭敘述自己曾有一次吃完牛排大餐之後抽血作檢驗的經驗。在那次經驗裡，他意外地發現自己的血液和平常人完全不同。接著，畫面出現試管裡裝著一支浮著一層黃色油脂的血液。
醫師又拿出了另一支沒浮著黃色油脂的血液試管說：
「這是正常的人的血液，你可以發現吃過一客牛排大餐之後，我們的血液裡面多出了很多的動物性脂肪……」
這個醫生指出，科學研究發現這些脂肪會怎麼樣塞住我們心臟的血管、腦部的血管、全身的血管，還會導致糖尿病、癌症……各種毛病，以至於最後會怎麼樣害得我們不得好死。

他以自己為例，告訴大家這個發現如何讓他下定決心改變。由於我們大部分人的飲食習慣是這麼的不健康，於是他提出了所謂「低醣、低油脂、高纖維」三合一飲食法。他信誓旦旦地向大家證明，這個飲食法如何改善了他的體重、健康以及精神狀態。在醫師之後，是更多的見證者。有人說三合一飲食法治好了他的高血壓，還有人治好了慢性關節炎，更有人說使用了三合一飲食法之後她的糖尿病不藥而癒，最誇張的是還有人改善了身材、人際關係，甚至人生得到了希望和救贖……

為了讓大家明白三合一飲食法對環境的重要性，一個鬍子長長的科學家開始分析了牛肉和小麥的生產所需要的資源。他指出，生產一公斤牛肉遠比一公斤小麥多耗費了幾十倍的水，而水資源缺乏正是將來人類最大的困境。此外，動物的排泄也加速惡化了土壤以及環境的品質……

換句話說，這個飲食法，不但可以拯救身體，還可以拯救地球。更重要的，它不用殺生，還可以拯救我們靈魂。接著畫面出現了關在籠子裡等待被屠宰的雞、豬、牛，以及牠們絕望眼神的特寫。主持人不斷地問大家：你忍心吃牠們嗎？你忍心把自己的口慾加諸在其他動物的痛苦之上嗎？

最後在高亢的聖樂曲調中，出現了大量動物被屠宰時掙扎哀嚎的畫面，整部影片就在主持人疾厲的呼籲與高潮之中結束了。

「怎麼樣？」媽媽轉身去按停播放機，「大家看了影片之後，有沒有什麼感想？」

由於ＤＶＤ播放器內建電視選頻，因此當媽媽把ＤＶＤ拿出來，轉向我們時，螢幕上跳出來了電視台的畫面，播映的正好是午餐前我們討論的那個偶像歌手的演唱會ＭＴＶ。螢幕上，六個穿著熱褲的辣妹站在舞台上，和男歌手不停地跳上跳下。她們全有著細長的腿和手臂，以及自信滿滿的笑容。

「唉，」我嘆了一口氣說：「我覺得老天一定是故意和人類作對。」

「這話什麼意思？」

「我們喜歡吃東西，可是只要一直吃，老天就懲罰我們變胖、變醜。我們喜歡玩，可是只要一直玩，老天就懲罰我們考試成績變差，被老師罵，又被同學看不起……」

哥哥也興致勃勃地舉例附和說：「爸爸喜歡看漂亮的女生，可是如果他一直看，老天就懲罰他沒有好下場！」

「沒事別把我扯進漩渦裡。」爸爸抗議。

我又說：「上天為什麼不創造出一個世界，只要一直吃，就會變得又帥又漂亮，只要一直玩，成績就會愈來愈好，老師稱讚你，同學也都崇拜你……」哥哥也補充說：「對啊，爸爸看漂亮的女生，媽媽就愈來愈愛他，覺得他愈來愈有魅力……」

「根本就是在胡扯。」

媽媽注意到我們的目光都被電視吸引了，想起了什麼似地，忽然也回過頭盯著電視螢幕。

現在那首歌曲正進入了最後的高潮，螢幕上的畫面是偶像歌手臉部的特寫，隨著音樂的節奏，他那一頭幾乎完全遮住眉毛、眼睛的長髮，在頭部的大幅度搖擺之下，揚起了四處飛濺的汗水，在聚光燈映照的背景裡，簡直帥呆了！

我一點也沒有察覺到我的言論，或者說這幕畫面所可能導致的致命後果，直到媽媽回過頭來瞅著我，一秒、二秒、三秒，又回頭瞅著螢幕，一秒、二秒、三秒……就在我理解到發生了什麼事，幾乎要奪口而出「不要！」的同時，媽媽回過頭來了。

「對了，小潘。」媽媽看了看手錶，「趁現在還有時間……」

電視機裡的歌曲戛然而止，一波又一波的掌聲在媽媽身後響起。偶像歌手一直鞠躬，「謝謝，」他不斷撥開幾乎遮住整張臉的長髮說：「謝謝。」拿著螢光棒以及粉絲看板的觀眾簡直瘋狂了，他們在螢幕裡尖叫、哭喊。
媽媽說：「我們去剪頭髮吧！」

3

計程車在巷口前停了下來。媽媽拿回計程車司機找她的二十五塊錢，打開車門跨了出去。
「還不下車？」她回頭望著我。
我搖搖頭，半天沒有動作。情況有點尷尬，司機伯伯看了看車外的媽媽，又回頭看了看我，和藹地說：「妹妹，要聽媽媽的話才乖喔。」
妹妹？什麼嘛！我狠狠地瞪了司機一眼。
媽媽很得意地探頭進來說：「他不是妹妹，他是頭髮太長的弟弟。」
這種爛計程車，我也不想坐了。我心不甘情不願地移動屁股，走下車，狠狠地甩上車門。媽媽瞅了我一眼，也不理我，自顧踩著高跟鞋往巷子裡面走。
我跟在媽媽後頭走了兩步，又停住了。
「走啊！」媽媽回過頭看著我。
理髮店的招牌就在巷底。我想起螢幕上偶像歌手甩著頭髮，汗水四濺的帥氣畫面，忍不住眼淚開始往下流。

「唉，你這小孩子，哭什麼哭呢？難道你一輩子都不剪頭髮嗎？」

「等阿媽回去，」我哽咽著說：「真的就剪……」

「不行，」媽媽說：「你的頭髮已經拖了一個多月，今天是非剪不可，你哭也沒有用。」

看我沒有動作，媽媽生氣地走回來拉我的手，用力把我往巷子裡面拖。我抗拒地蹲低了重心，也往相反的方向用力。大馬路上車來車往，我們兩個人就這樣面紅耳赤地站在巷口拔河。

「我警告你，」媽媽威脅我：「你不要逼我在這裡公然使用暴力！」

我仍然不肯放棄。

「我數到三，」媽媽說：「一，二……」

就在媽媽要數出「三」時，我放棄了用力，可是我的腳還是不動，像座雕像一樣被她硬生生地往裡面拖。媽媽本來用一隻手拖著我，拖了兩公尺左右，氣喘吁吁地把側背的皮包改成斜背，索性不顧淑女形象，卯起來用雙手拖我。

我被媽媽拉住一隻手，只剩下另外一隻手擦眼淚。我的眼淚湧得太快了，一隻手根本擦不完，最後只好任它們一路走一路滴，在地面上滴出了一行點點點的虛線。

四周站著賣麵線的老伯、煎蛋餅的阿婆……他們本來還煮著麵線，煎著蛋餅，現在全停下了手邊的動作看著我們。

眼看著理髮店門口就要到了，我忽然發現理髮店前方矗立著一支電線杆，情急之下，我才不管三七二十一，立刻撲了上去，死命地抱住電線杆不放。

媽媽先是愣了幾秒鐘，之後才反應過來。

「小潘，你給我放手，」她又好氣又好笑地說：「我從來沒看過有人剪頭髮，剪到要抱電線杆的。」

我搖著頭，更加用力地抱緊電線杆。

「你這樣很丟臉你知不知道？」她又動手要掰開我的手。我奮力抗拒，媽媽掰得脹紅了臉，我也脹紅了臉。

幾個理髮店裡面的阿姨，還有附近住戶的老先生、老太太聽到聲音，統統跑出來張望。一時之間，巷子裡熱鬧極了。

媽媽掰不過我，放開了手，喘著氣看我。我也氣吁吁地看著她。休息了差不多半分鐘吧，媽媽又開始發動另一波攻勢。

「我再給你最後一次機會，」她在我耳邊小聲地警告說：「你自己給我進理髮店，否則我要打電話叫你爸爸來幫忙了……」

說著媽媽又撲了上來。我眼明手快，甩開了媽媽撲上來的手，一個人悲壯地走進理髮店去。媽媽還不罷休，緊緊追在我後面，一副趕盡殺絕的姿態對理髮店的阿姨說：

「老闆，剪頭髮！這次要頭髮剪到耳朵以上！」

我注意到理髮店的阿姨不停地跟媽媽眨著眼睛，暗示媽媽什麼。接著又轉過來，用誇張的聲音說：「哎喲，這個小朋友好帥喔。怎麼在哭呢？」她又拿了一張面紙給我，「來，來，先擦擦眼淚啦，不要再哭了，這麼帥的小朋友怎麼在哭咧？」

我接過了面紙擦臉。整張面紙都擦濕了，阿姨又遞給我一張。

「你們學校都不管你們的髮型嗎？」她問。

我邊擦臉，邊低下了頭，左右搖晃。

「阿姨問你，你平時都自己洗頭髮還是媽媽幫你洗？」

「自己洗。」我說。

「自己會洗？那很好，」阿姨說：「這樣的話，我可以考慮讓你留長一點，不要剪得太短，」她收回我手上的兩張濕了的面紙，丟到垃圾桶去，又讓我坐了下來，她問：「你是哪個學校的？」

「自由國小。」

「哎喲，自由國小的小朋友，你們這樣已經很幸福了。平等國小你知不知道？」

我點點頭。

阿姨拿出白色的圍兜，抖了抖，兜在我的脖子上。

「如果是平等國小的話，學校規定小朋友統統要理三分頭呢，」她一邊準備器械一邊裝出很可怕的表情說：「三分頭有多短你知不知道？」

4

頭髮剪完，又洗頭，吹乾，修整，再梳理，折騰了老半天，大功告成時已經將近五點鐘了。坐在回家的計程車上，媽媽撥手機給爸爸。

「你趕快去告訴大潘還有妹妹，小潘頭髮剪好了，真的好漂亮。理髮師還特別幫他梳理了一個西裝頭，看起來很成熟穩重喔，」媽媽唯恐爸爸聽不懂她的暗示，又重複了一遍：「真的好漂亮喔，知不知道？」

一回到家，爸爸和哥哥已經等在客廳了。爸爸一看到我，都還沒打招呼，立刻就迫不及待地說：「哇，小潘，剪了這個頭髮，真——的——好——漂——亮。」

我一聽到「真的好漂亮」，整個臉拉得長長的。

「怎麼了？」爸爸問：「真的好漂亮啊，不信你問大潘。」

我看得出來哥哥很想笑，可是他強忍住。

「怎樣啦？」我問。

「好吧，」他用再敷衍不過的語氣說：「真——的——好——漂——亮，滿意了吧？」

我聽完更難過了，一個人悶著頭往浴室走，正好在門口撞見從浴室出來的妹妹。她一看到我，像見了鬼似地大叫一聲。

「啊！小哥，你怎麼變成這樣，好好笑喔。」

我沒好臉色地瞪著她說：「要妳管！」

說完我激動地踩進浴室，用力甩上身後的門，發出轟的一聲。

現在浴室裡面只剩下我和鏡子了。老實說，我一點也不喜歡出現鏡面中那個人的樣子。我拿起梳子東弄西弄，愈梳愈不滿意，最後我索性脫掉衣服，走進沐浴間，打開浴室的蓮蓬頭，對著那一頭又短又被吹得稜稜角角的頭髮猛沖，一邊沖水我一邊大叫：

「啊——啊……啊，啊！」

沖水似乎也沒有什麼用。我拿起吹風機猛吹，吹了半天，發現原本還算服貼的短頭髮現在統統翹起來了。我不死心，又把頭髮弄濕，重新再來一遍，結果情況只是變得更慘不忍睹。

在這種萬念俱灰的情況下，我在浴室的架子上看到了一頂鴨舌帽。我決定抓住這根最後的稻草，把它戴在頭上。

走出浴室，爸爸看到了，一臉調侃的表情問：「你打算以後一直戴著這頂帽子？」

我沒說話，心想：我就打算這樣，直到天長地久。不知道為什麼，才正想著，眼淚又流了出來。

媽媽看到了，不高興地說：「剪一個頭髮要哭幾次？」

電話響了，爸爸跑去接電話。沒多久爸爸講完電話回來。

「阿公、阿媽已經到台北了，我現在開車去車站接他們。」他很正經地說：「他們很久才看你一次，你不要一見面就這個樣子。」

「大家統統到樓下來，」爸爸的聲音從對講機傳來：「阿公、阿媽到了。大潘、小潘下樓時，順便去跟管理員借手推車。」

我和哥哥推著手推車到門口時，爸爸正在卸行李，汽車還發動著。媽媽正好扶著阿公、阿媽正從汽車裡走了出來，我們連忙上前問好。

「阿公、阿媽好。」

「好，好。」阿公阿媽全笑呵呵地看著我們。

現在爸爸卸下了阿公、阿媽的行李，繼續把更多各式各樣的購物袋、紙袋、紙箱從行李箱卸下來。現在他手裡捧著一箱綑著尼龍繩的大紙箱，看起來塞爆了，露出連梗帶葉的芭樂。他苦著臉對阿公阿媽說：

「爸、媽，其實這些東西台北都有，你們何必這麼麻煩……」

「你姑丈家昨天剛採收的芭樂，」阿媽不以為然地說：「台北哪可能有？」

「這些呢？」爸爸又指著行李箱內一大箱塞得鼓鼓脹脹的紙箱，紙箱內是塑膠袋，塑膠袋內幾隻魚尾巴從外包的報紙破裂處冒出來。

「虱目魚。」

「虱目魚台北的市場也有啊。」

阿媽說：「台北的虱目魚哪有南部好，又貴又不新鮮……」

阿公也得意地附和：「你媽一大早五點鐘就託人到魚塭買現撈的虱目魚，當然新鮮。」

媽媽說：「媽，實在不用那麼麻煩的。」

「一點也不麻煩，」阿媽說：「你叔叔幫忙把東西裝到汽車上，載我們到公路局車站。他把東西卸下來，放上巴士，巴士一下子就從南部開到台北，然後我打手機，你就開車來接了啊，真的很方便。」

從魚肉、雞肉、豬肉、青菜……到雞肉飯、肉圓，百寶箱裡的貨色無窮無盡，爸爸像是個心不甘情不願的魔術師，變啊變的，抓出了一件，還有一件。最後，總算所有的東西全卸下來放在手推車上，一共是十二大件、六小件。

「好多東西喔！」妹妹說。

「這哪算多，」阿媽想起什麼，忽然叫了出來，懊惱地說：「糟糕！急急忙忙出門，都忘了還有好幾隻火腿冰在冷凍庫裡面沒帶來呢。」

十幾箱食物真的很壯觀，我和哥哥無論如何用力都無法推動手推車，還好爸爸拎起兩大件行李，阿公又抱走了一件，手推車總算才勉強動了起來。

站在電梯門口，我注意到阿媽正用著異樣的眼神打量我。我心想，唉，一定是我的頭髮。電梯打開後，所有人馬外加貨物統統塞了進去。電梯關門，開始上升。一直看著我的阿媽終於受不了了，她拿起我的帽子，拍拍又捏捏我的臉頰，皺著眉頭問：

「小潘怎麼變得這麼瘦？」

啊，啊？不是頭髮。「有嗎？」我問。

「怎麼會沒有？」阿媽說：「上次放暑假你回南部時，這兩邊都是肉，圓滾滾的，那時候多可愛啊。」

哥哥幸災樂禍地拍拍我的肩膀。

「小潘可要好好加油了。」他學阿媽的口氣，諷刺地說：「圓滾滾的，多可愛啊！」

媽媽嚴厲地瞟了哥哥一眼，又瞟了我一眼。我也不甘示弱地回瞟了哥哥一眼。反正我們就這樣各懷鬼胎，彼此瞟來瞟去。只有阿媽，完全無視於暗潮洶湧的情勢，一臉狀況外的表情說：

「小孩就是要胖胖的才是漂亮啊！」

儘管媽媽要求我們晚餐前在自己的房間寫作業，可是即使隔得老遠，你還是可以聽到從廚房傳來充滿想像力的聲音，聞到各種濃得化不開的氣味。

我很快就受不了了，決定追隨自己的鼻子出去看看。沒想到一開門我就發現哥哥也從他的房間蹓出來了。哥哥見到我，用一種「哈哈哈，你這個意志薄弱的傢伙」的表情，對我笑了笑。我也不客氣地回敬了他一個「你才是意志薄弱的傢伙吧」那種心知肚明的微笑。

哥哥不甘示弱，挑釁地唱起了〈大象〉的兒歌。那首歌原來的歌詞是這樣的：

「大象，大象，你的鼻子怎麼那麼長？媽媽說鼻子長才是漂亮。」

不過歌詞現在已經被他改成了：

「小潘，小潘，你的身材怎麼那麼胖？阿媽說胖胖的才是漂亮。」

我聽了不高興地說：「有膽你再唱一遍？」

「再唱一遍就再唱一遍，誰怕誰？」

「不要惹我，」我警告他：「我今天心情不是很好。」

愈是這樣，哥哥愈覺得有趣。他興奮地用左手往右捏住鼻子，伸長右手模仿大象的鼻子，一邊搖著屁股又把同樣的歌詞唱了一遍。

我一聽簡直氣壞了，左手捏住鼻子，右手伸出象鼻子，也搖著屁股，大聲地唱著：

「大潘，大潘，你的身材怎麼那麼胖？阿媽說胖胖的才是漂亮。」

我們兩個人就這樣一來一往，哥哥每唱一句「小潘，小潘」我就回應「大潘，大潘」試圖壓過他的聲音。不但如此，我們還不停地用象鼻子勾來勾去，用屁股撞來撞去。本來阿公和爸爸安靜地坐在沙發椅上讀著晚報，只是抬頭看了一下，沒想到我們的力道太大，撞落了客廳的展示架上的瓷盤。這下爸爸可站起來了。

「你們兩個人到底在幹什麼？」他生氣地說：「媽媽不是叫你們在房間寫作業

嗎？」

哥哥惡人先告狀，說我唱歌嘲笑他，又說歌詞怎麼樣怎麼樣。我很生氣地打斷他的謊言說：「是哥哥先唱的。」

「是小潘。」

「是哥哥。」

「是小潘。」

「統統給我閉嘴。你們兩個人幾歲了，還像幼稚園的小孩子一樣？」爸爸顯然對爭端的細節沒有興趣，他指著客廳的一個角落說：「統統給我站到那裡去。」我和哥哥走過去。

「統統面向我這邊，」爸爸又說：「肩併肩。」我們照做。

爸爸說：「為了讓你們自己感覺一下那樣有多蠢，我罰你們唱剛剛那首歌二十次。好，」他宣布：「現在開始。」

「現在？」

「要不然什麼時候？」

我和哥哥遲疑地對望了一眼。「唱哪一個版本？」哥哥問。

爸爸火冒三丈地說：「隨便你們愛唱什麼版本。」

看到爸爸火大的模樣，我和哥哥只好空空洞洞地開始唱：

「大（小）潘，大（小）潘……」

「大聲一點！」爸爸斥喝著。

「你的身材怎麼那麼胖……」我們趕緊提高聲音。

「動作呢？」爸爸又大喝一聲，嚇得我和大潘連忙伸出象鼻子揮舞。爸爸還不滿意，又生氣地大嚷著：「不行，還有屁股！」

眼見爸爸一臉怒容，我們不得不勉強地開始左右搖擺屁股，唱著：

「阿媽說胖胖的才是漂亮。」

「很好，再來。」看得出來爸爸有點想笑了，可是他強忍著，用著像韻律舞教練一樣的高頻音調說：「還有十九次！」

愁雲慘霧地唱完了第二十次〈大象〉之後，媽媽也來了。她拾起地上的瓷盤，笑著說：「表演得真精采。」

我跟哥哥面面相覷，一點也不知道該回應什麼才好。

「等一下就要開飯了，」媽媽說：「關於今天下午的一些約定，我相信你們一定還記得很清楚吧？」

我們兩個人都點點頭。爸爸站在一旁，也點點頭。廚房這時傳來了魚香烘蛋的氣味。「需要我再提醒你們一遍嗎？」媽媽又問。

我和哥哥都搖搖頭。

「真的不用？」

我們又都點點頭。

5

晚餐進行了將近二十分鐘。

餐桌擠滿了從蔥爆雞丁、魚香烘蛋到紅燒獅子頭、香煎虱目魚、翠玉豆腐、燴海參……各式各樣阿媽的拿手好菜。雖然表面上我們全家正愉快地大快朵頤，可是事實上大家非常節制，只要稍微觀察一下桌面上的菜色，你很容易就發現這些菜要不是統統沒有被動過，就是只被夾走了一小部分。

「讓開，讓開，」阿媽戴著隔熱手套，又興致勃勃地捧上來一個大沙鍋，她說：「小心燙喔。」她把沙鍋放到餐桌正中央，小心翼翼地掀開鍋蓋，露出了還在滾沸的雞湯，以及陣陣蒸騰的煙。

阿媽把手套脫掉，在圍兜上抹了抹手，又脫掉圍兜，坐了下來。

「新鮮的干貝竹笙雞湯，趁熱喝，免得涼掉了。」

雖然阿媽這樣說，可是並沒有相對的回應，預期的驚呼，也沒有人動手。

阿媽似乎發現了事情不太對勁，她問：「大家今天怎麼吃這麼少呢？」說著她用杓子舀了一大勺雞丁，轉向爸爸，「來，試試今天的蔥爆雞丁。」

爸爸為難地看著阿媽。

「來，」阿媽懸著一大勺雞丁在空中說：「蔥爆雞丁拌飯吃最好了。」

僵持了大約五秒鐘吧，爸爸終於屈服了。他用碗接過阿媽的蔥爆雞丁，抱怨著：

「媽，我自己來就好，妳自己先吃吧，真的不用麻煩。」

「哎啊，到了我這把年紀，自己吃哪有看你們吃那麼快樂呢！」阿媽說著又撈起了一大勺蔥爆雞丁，轉向哥哥，她問：「大潘？」

哥哥嚇得連忙抓住碗，把碗端得遠遠的。

「不用了，」他說：「阿媽，我真的很飽。」

阿媽皺著眉頭說：「我看你沒有吃什麼，怎麼會很飽呢？」懸在空中的雞丁滴了一滴油，掉到桌面。

「可是我真的很飽。」哥哥堅決抵抗。

「你這個年紀還在發育，要多吸收一點營養才行啊。」

「不行啦，阿媽，」哥哥說：「明天學校要週考，等一下我還要準備功課，吃得太飽腦袋會昏昏沉沉。」

「好，如果你怕昏昏沉沉，阿媽幫你保留，等你讀完書，睡覺前阿媽再熱給你吃。」阿媽顯得有點失望，不過很快她就振作起精神，把雞丁轉向我，她說：「小潘，你們小學生應該沒有週考吧？」

「呃，我……」我也把飯碗拿得遠遠的說：「我也很飽。」

「小潘根本沒吃，飽什麼呢？」

我看著阿媽，想不出還有什麼台詞，只好猛搖頭。

「小潘這樣營養根本不夠。」

我驚慌地看了看媽媽，媽媽一臉無動於衷的表情，逼得我只好更激烈地搖晃著頭。

「來啦，小潘，就這一口……」阿媽步步進逼。

眼看著我就要棄甲曳兵，妹妹忽然跳出來主持正義。

「阿媽，妳不要逼小哥，」妹妹說：「他現在正在減肥！」

「小潘瘦成這樣，」阿媽不以為然地說：「還減什麼肥呢？」

「可是媽媽說小哥太胖了！」

此話一出，果然語驚四座。媽媽抬頭惡狠狠地瞪了妹妹一眼，隨即又低下頭去，沒說一句語。餐桌上的氣氛指數一下子從原來的舒適下降至微涼，又急遽變成寒冷。

阿媽抓著一勺還懸在空中的「蔥爆雞丁」，看看媽媽，又看著我。她似乎不太適應最新的溫度。

「小潘這樣，怎麼會太胖呢……」她喃喃地唸著，過了一會兒，忽然想起什麼似地問：「大潘，你不會也是在減肥吧？」

哥哥看了看媽媽，又看了看阿媽。「不要問我。」他說。

一直沉默不說話的阿公這時眼明手快地伸出了手中的碗。

「雞丁給我好了，」他說：「我就一點都不怕胖。」

阿媽把雞丁倒進阿公的碗裡，看著阿公拌著飯，一口一口扒起來。

「小孩子減什麼肥呢？」她既不解又不快地說：「像你阿公瘦成這樣，像隻猴子，怎麼會好看？」

阿公自我解嘲說：「你看，你阿媽這個人就是這麼霸道，她硬要夾菜給別人，別人不吃我好心接過來吃，還要被罵什麼像猴子一樣……」

妹妹一點也沒意識到自己闖了禍，轉身問爸爸：「阿媽真的是一個很霸道的人嗎？要不然阿公怎麼說阿媽很霸道？」

爸爸聽到這個問題，咀嚼了一半的蔥爆雞丁差點吐了出來。他慎重地想了至少五秒鐘，又吞下嘴裡的雞丁，用一種既嚴肅又莊重的表情說：

「我的母親是一個慈祥和藹的人。」

「到底怎麼回事？」妹妹繼續製造困難度更高的難題，「阿公說霸道，你說慈祥和藹，你和阿公的答案怎麼差這麼多？」

爸爸想了想，「這樣說好了，」他看著妹妹說：「如果我問妳：『妳的母親是一個很霸道的人嗎？』妳會怎麼回答？」

妹妹看了媽媽一眼，很快露出了會心的微笑。她說：

「我的母親是一個慈祥和藹的人。」

「大潘、小潘呢，」爸爸又問：「你們覺得你們的母親是一個霸道的人嗎？」

「我們的母親是一個慈祥和藹的人。」我們異口同聲地立刻回答。

「那就對了。」

大家臉上總算露出了笑容，氣溫似乎緩和了一點，但是也只恢復到微涼的程度，離舒適其實還很遙遠。阿媽臉上那一絲絲難掩的落寞，儘管大家都心知肚明，可是誰也沒有說出來。

沒有人再替別人夾菜，沒有人勸酒乾杯，也沒有人再去盛一碗飯。

晚餐結束。大家都走得差不多了，只有我還坐在餐桌前吃著水果。

菜色全冷掉了，這餐豐盛的晚餐下場有點淒涼，除了蔥爆雞丁和低卡的翠玉豆腐情況稍好外，其餘包括魚香烘蛋、紅燒獅子頭、香煎虱目魚，燴海參……大致上都還維持著完整的面貌。

我忙著吃芭樂，一點也沒發現到媽媽已經在我面前站了半天，直到我抬起頭來，看到她一臉興師問罪的表情。

「又怎麼了？」我說。

「剛剛阿媽那一勺蔥爆雞丁，你為什麼不吃？」

「咦？」我說：「明明是開飯前……」

媽媽打斷我，生氣地說：「都長那麼大了，不會看看情況、看看場面嗎？難道非得逼得媽媽和阿媽『婆媳大戰』你們才高興？『婆媳大戰』比『核子大戰』還要可怕你知不知道？」

「可是妳自己說……」

「你和大潘要減肥是為了自己的健康，不是我的健康。這是你們自己的事情，也是你們自己的責任。我可鄭重警告你，不要在阿公阿媽面前再把事情賴到我的頭上來，聽到沒有？」

我不置可否地噘起嘴，遠遠地看到阿媽拿著保鮮膜走過來。

「聽到沒有？」媽媽似乎也注意到了阿媽走過來，她迫切地說：「說話啊。」

我相信媽媽一定算計好了時間，就等著在阿媽進來之前，聽我說出：「聽——到」兩個字，然後捧著碗盤，優雅地轉身離開。可是受夠了這一整天的鳥氣之後，我再也不願意配合任何演出了，我生氣地說：

「反正不管我說什麼，做什麼，都是我不對，都是我不好……」

「你說什麼？」媽媽可睜大了眼睛。

我心想，反正豁出去了。「一下子說我太胖，一下子又嫌太瘦，吃了不行，不吃更不行，」我愈說愈大聲，「這樣不可以，那樣也不可以，到底要我怎樣妳才會滿意……」

阿媽拿著保鮮膜走進餐廳，正準備包封沒吃完的晚餐。

「小潘怎麼了？」她問。

我沒說話，阿媽又看著媽媽。

「還不是在鬧小孩子脾氣。」

阿媽走到我的面前，親切地說：「哎喲，小潘都這麼大了，怎麼還在鬧小孩子脾氣？」她放下了保鮮膜，把手搭在我的肩膀上，「怎麼回事呢？來，有什麼委屈跟阿媽說。」
我倔強地搖搖頭，不說話。
媽媽故意轉移話題的焦點，她說：「下午帶他去剪頭髮，從回來以後就嫌頭髮不好看，一直擺著一張臭臉。」
「難怪喔，」阿媽說著轉身過來要脫我的帽子，「來，讓阿媽看看。」
「不要啦，」我撥開阿媽的手說：「妳下午已經看過了。」
「對不起啦，」阿媽又動手要來脫我的帽子，「阿媽下午只顧著看你的臉，忘了還有頭髮。」
「你給阿媽看看頭髮有什麼關係。」媽媽說。
我不再抵抗，心裡想著：一定又是那一套什麼「真──的──好──漂──亮」之類的甜蜜謊言。沒想到阿媽脫掉了我的帽子，看了半天，竟然說：
「是短了些。」
不知道為什麼，聽到阿媽這麼說，一整天累積下來的憤怒與委屈全爆發開，化成了眼淚，決堤似地流了出來。
「哇……」我用連自己都無法想像的方式放聲大哭。

媽媽一點也不同情我。她說：「又來了。」說完轉頭就走。只有阿媽，把我摟在懷裡，拍著我的背，不停地說：「怎麼好好的就哭了呢？哎呀，哎呀……」愈是這樣，我哭得愈大聲。阿媽著急了，哄著我說：「頭髮剛剪本來就是會怪怪的啊，小潘這麼可愛，過幾天頭髮就長了，」說著阿媽又把我像嬰兒一樣地搖來搖去，搖了半天，阿媽忽然說：「哎啊，冰箱還有雞肉飯，我怎麼就忘記了呢？小潘要不要吃雞肉飯？不對，不對，雞肉飯是大潘愛吃的，小潘喜歡吃肉圓，小潘要不要吃肉圓……」

聽到肉圓，我的哭聲慢慢變成了啜泣，漸漸恢復了平靜。說真的，一餐晚餐下來，我根本沒有吃飽，特別是又哭了這麼一大頓。

「吃肉圓好不好？」阿媽又問。

吃就吃，反正死豬不怕燙，我心裡想，管他的。

我點點頭，立刻看到阿媽笑了起來。她快步走進廚房，很快，一大盤熱騰騰的肉圓已經端上桌來。我舀了兩個肉圓，澆淋上濃濃厚厚的醬膏，才狠狠地咬了一口，就聽到哥哥大叫著：

「小潘！」他睜大了眼睛，「你在幹什麼？」

「我在吃東西啊。」

「我當然看得出來你在吃東西，」哥哥說：「問題是，那會變胖變醜……」

「反正我的頭髮都已經那麼醜了，沒差那一、二公斤多出來的肉，」我邊咀嚼著燙舌的肉圓，邊說：「你要不要也來一碗？」

「我？」哥哥吞了吞口水，喃喃地說：「我好像本來就已經是胖胖的了。」

「大潘還好啊。」阿媽邊說邊舀了兩個肉圓到碗裡。

哥哥沒有反對阿媽的說法。他坐了下來，接過了碗，順服地開始吃了起來。我們各吃完一碗，又舀了兩個肉圓，正要開始第二回合，妹妹聞到香味也跑來了。

「天啊，你——們——這——兩——隻——豬，」她嚷著：「為什麼不告訴我？」

她坐了下來，跟阿媽說：「我也要來一碗！」

又香又燙的肉圓在我們的啟齒之間發著各種咀嚼、吮食、舌頭翻動以及吞嚥的聲音，聽起來的感覺一點都不輸給吃下去的滋味。很快的，我們解決了所有的肉圓。

哥哥拍拍圓鼓鼓的肚子，嘆了一口氣說：「我已經好久沒有吃得這麼過癮了。」

「是啊。」我說。

哥哥意猶未盡地問：「不是還有雞肉飯嗎？」

「有，有。」

眼看我們食慾大發，阿媽簡直樂壞了。她二話不說衝回廚房，三分鐘之內，熱騰騰的雞肉飯已經端上了桌。

阿媽就這樣陶醉地觀賞著我們吃東西的樣子。我們每盛一碗飯，她就猛點頭，簡直比中樂透彩還要高興。

「對嘛，」她說：「這樣吃營養才夠啊！」

吃了兩碗雞肉飯，哥哥停了一下，有點不安地問：「我們這樣吃，會不會變得很胖、很胖？」

「開玩笑，」阿媽說：「小孩子就是要胖胖的才是漂亮啊。」

這時候，媽媽走過來了。

「天啊！」她睜大了眼睛，不敢置信地說：「你們三個人不是才吃過晚飯嗎？」

我和哥哥手裡捧著碗，停下了咀嚼的動作，全變成了「一二三木頭人」靜止不動。

阿媽對媽媽笑了笑，媽媽也禮貌性地笑了笑。媽媽顯然已經看出局勢完全逆轉，甚至無法挽回。她橫眉豎目地在那裡站了一會兒，沒說什麼，終於面色凝重地離開了現場。

媽媽離開以後，氣氛有點詭異，說不上來那是恐懼還是什麼。

哥哥看著我，我也看著哥哥。沒有人說話。我吞了一口口水，哥哥也吞了一口口水。

只有阿媽完全在狀況之外，她說：「對了，我還多帶了蔥爆的雞油，你們誰還要？」

媽媽的出現似乎又把我們拉回了某個愛恨情仇的新起跑點。哥哥往廚房的方向對我挑釁地努嘴揚眉，我也對他往廚房的方向揚眉努嘴。接著哥哥不動聲色地哼起了〈大象〉的旋律。

哼哼，哼哼，哼哼哼哼哼哼哼哼哼？哼哼哼哼哼哼哼哼哼哼……

他哼得又譏諷又挑釁，我心想，他所謂的「哼哼，哼哼」一定指的是「小潘，小潘」。於是我也不甘示弱地回應著：

哼哼，哼哼……

奇怪的是，一想起「大潘，大潘，你的身材怎麼那麼胖？阿媽說胖胖的才是漂亮。」的歌詞，我再也按捺不住笑了出來。一見到我失控，哥哥也跟著狂笑。我們兩個人就這樣，核子連鎖反應似地愈笑愈大聲，根本無法停止。

妹妹似乎也被我們的笑聲感染，亢奮地舉起手來。

「我要雞油，我要雞油，」她大嚷著：「雞油就是要愈多，雞肉飯才愈香Q有勁！」

你就當作是撞到了小潘

媽媽一說「獨立自主」爸爸立刻覺得「單純無知」，
媽媽一提起「自我成長」爸爸便反應「自找麻煩」，
然後就是誰為這個家庭犧牲比較多的較量……
總之，不知道為什麼，戰火蔓延到最後，
落到了「媽媽應不應該開車？」這個棘手的問題。

1

汽車發出煞車聲時，我還沒警覺到怎麼回事，等我意會過來，巷口衝出來的摩托車已經飛奔了過來，然後是碰的一聲巨響——

「啊！」

比我更早發出聲音的是媽媽。她正坐在駕駛座上。

汽車引擎當場熄火了。一個戴安全帽的摩托車騎士從我的斜前方飛了起來，就掉在汽車右前方一、二公尺的路面上。

我和媽媽都愣住了。

車內很安靜，從車窗看出去，那個趴著的騎士全無動靜，好像睡著了。他的頭上有一株行道樹。陽光透過斑駁的枝葉，在地面上映出光影，搖來搖去。

「我們撞到人了？」媽媽問。

我點點頭，很能理解那種明明撞到人，可是卻一點也不真實的感覺。

「天啊！」我們同時打開車門，飛奔出去。

摩托車就躺在汽車和騎士之間。那個騎士掙扎著坐了起來，拿下了安全帽。他的臉龐看起來很年輕，樣子頂多不會超過大學一年級，他一臉痛苦的表情大罵著：

「你們到底會不會開車？經過路口都不減速的是不是？」說完他開始哎喲哎喲地叫著。

媽媽也不甘示弱，回罵說：「你才是不知哪裡冒出來的冒失鬼咧，騎個摩托車橫衝直撞的……」她罵到一半，看到血從年輕人的褲管流出來，失聲尖叫：「天哪，流血，流血，天哪……」媽媽說著，自己昏倒了過去。

這下可好，一輛熄火的汽車，一台死翹翹的摩托車，坐在地上的傷患，外加一個昏倒的媽媽。

我趕快蹲下去搖媽媽說：「媽媽，媽媽。」

搖了半天，媽媽沒醒，倒是摩托車騎士拖著一隻動彈不得的腳過來了。他探了探媽媽的鼻息，又摸了摸媽媽的脈搏，一臉沒把握的表情說：

「她應該還好吧？」

「都是你害的。」我白了他一眼。

他看了看自己還在流血的腳，一臉無辜又無奈的表情說：「你快去找人來幫忙吧。」

「可是，」我猶豫地看了媽媽一眼，「手機還在汽車上面。」

「趕快去拿啊，」他說：「我幫你看著你媽媽。」

我衝回汽車，一打開車門，就看到了手機還有中控台置物槽裡面的礦泉水。我想起電視連續劇上面的畫面，每次人犯不堪刑求昏倒了，酷吏總是叫人用臉盆直接潑水，潑完水之後，人犯立刻醒過來，又可以繼續刑求了。我拿起礦泉水，想了一下，最後還是決定把礦泉水放回去，拿起手機。

我撥通了爸爸的手機。他聽到消息，忿忿地說：

「惹麻煩了吧？我就說不要開車嘛，好好沒事，學什麼開車呢？」聽我沉默不語，爸爸又問：「對方呢？有沒有怎麼樣？」

「對方人是清醒的，」我說：「可是好像一隻腳在流血，不能動。」

「唉，」爸爸嘆了一口氣，沒好氣地說：「你媽呢？叫她過來聽電話。」

「她昏倒了。」

「她什麼？」

「她看到人家流血，昏倒了，到現在還沒醒過來。」

爸爸本來口氣還充滿了譏諷，現在他覺得事態嚴重了。只問明了車禍的地點，立刻急著掛電話要過來。

「我會打一一九報警，聯絡救護車。聽好，」爸爸再三叮嚀說：「在警察或我沒有出現以前，任何東西都不要動，還有，不管誰說什麼，任何事情都不要答應，我馬上就到。知道嗎？」

「喔。」我想了一下，又問：「任何事都不能答應嗎？」

「對，任何事。」

掛上電話，媽媽似乎醒了過來，掙扎著要爬起來。摩托車騎士也試圖幫忙扶她，不過失敗了。我走過去，蹲到地上，叫著：「媽媽，媽媽。」

媽媽睜開眼睛看了我一眼，她闔上眼睛又張開，表示聽到了。

機車騎士說：「她說一坐起來就天旋地轉。」

現在輪到摩托車騎士試圖要站起來。他努力了一下，顯然太痛了，很快又坐回了原地。

「你最好不要亂動，」我說：「老師說如果是骨折的話，一定要先固定，才可以搬動。」

「骨折？」

年輕人疑惑地看著自己的腳，鼓起勇氣慢慢捲起褲管。他一邊捲一邊唉唉叫，不時露出痛苦的表情，好不容易，終於把一隻褲管捲到大腿上。我也和他一樣把臉湊過去看，來自小腿傷口的血似乎暫時凝固不再流了，不過膝蓋的地方很明顯地看得出腫了起來。

他問我：「你的手機可不可以借我？」

「幹什麼？」

「我也得找人來幫忙啊。」

我想起剛剛在電話中和爸爸說的，關於任何事情都不要答應的對話，有點猶豫。正在不知該如何是好時，媽媽有氣無力地說：

「借他。」

他接過我的手機，開始撥電話，不久，又掛上電話。

「我媽不在。」他說著，把手機還給我。

我跟媽媽說：「我剛剛打電話給爸爸，他已經趕來了。他說會報警，聯絡救護車。」

媽媽皺了皺眉頭，似乎不是很喜歡我這樣做。她說：

「找你爸來幹什麼呢？」

一會兒，戴著太陽眼鏡的交通警察騎著帥氣的重型機車率先趕到。他跳下摩托車，取出車上的資料夾，一副專業十足的架式說：

「我們接到報案，這裡有人開車撞到了別人？」

媽媽一聽說開車撞到別人，立刻虛弱地舉起手來。

警察看了看躺在地上的媽媽，又看了看坐在地上的年輕人。他用一種審問兇嫌的口氣問年輕人：

「是你開車撞到了這位太太？」

年輕人滿腹委屈地說：「是我騎摩托車被這位太太撞到了！」

結果我們全上了救護車。警察騎著重型機車在前方開道，隨後趕來的爸爸則開著肇事的汽車隨行在後。摩托車騎士的腳現在已經打上固定夾板，伸直了腿坐在我的旁邊。救護人員就在我們的對面的側座。救護車中間是個擔架，媽媽就躺在上面。救護車咿喔咿喔地叫著。我把臉貼在救護車後窗，隨著交通情況不同，爸爸的汽車時遠時近。每當爸爸靠近時，我甚至可以看到他那張緊繃的臉。

有了爸爸的加入，事情變得有點複雜。該怎麼說呢……

真要追溯的話，大概從當初媽媽想和她的業餘舞蹈團去日本表演跳舞，以及後來想出外找工作爸爸不同意之後，這類的雞同鴨講就經常發生，好比：媽媽一說「獨立自主」爸爸立刻覺得「單純無知」，媽媽一提起「自我成長」爸爸便反應「自找麻煩」，然後就是誰為這個家庭犧牲比較多的較量……這類的爭執，從出門到底是在拖時間，要不要買生日禮物，要不要續訂報紙……總之，不知道為什麼，戰火蔓延到最後，落到了「媽媽應不應該開車？」這個棘手的問題。

「我可不想整天被囚禁在這座家庭婚姻的城堡裡，」媽媽說：「像美人魚一樣，沒有自己的腳。」

「沒有人囚禁妳啊，」爸爸說：「妳隨時可以出門。」

「問題是我還不就是去買菜，去學校……我受不了了，我得走出這個城堡透透氣。」

「如果妳想走遠一點，那很好啊，我隨時可以開車載妳去……」

「那一樣還是城堡。」媽媽說。

這段對話發生時，哥哥、妹妹和我正好在旁邊站成一排。媽媽用一種很奇怪的眼光看著我們，讓我有一種感覺，好像我們全變成了「城牆」之類的東西。

總之，爸爸愈是反對，媽媽就愈要去學開車。媽媽愈想去學開車，爸爸就愈反對，他們兩人互相激勵。後來媽媽費盡千辛萬苦，終於考取駕照了。駕照發下來那天，我們都很識相地恭喜媽媽，只有爸爸不以為然。

「我搞不懂，幹嘛放著少奶奶不當，當什麼司機呢？」

於是兩個人開始冷戰。幾天之後，爸爸撐不住了，終於投降，交出了鑰匙，吊在玻璃杯架上。他心不甘情不願地說：

「唉，妳幹嘛給自己找麻煩呢？我們等著看吧。到時候，妳找不到停車位，或者是發生了任何事故，想哭都來不及了。」

媽媽說：「就算那樣，也是我自己的事。」

媽媽真的很誇張，她開著汽車去二百公尺遠的超市買菜，去五百公尺遠的美容院燙頭髮，去八百公尺遠的學校參加母姊會，一點也不嫌麻煩。這次出門，就是她硬要載我去買參考書，我敢說書店離家裡絕對不超過二公里……

救護車又闖過一個紅燈，把爸爸的汽車擋在交通號誌後方，離我的視線愈來愈遠。救護車內，媽媽翻了一個身，她的情況看起來似乎好了一些。

「你叫什麼名字？」媽媽問機車騎士、

「方瑋。」

「哪個瑋？」

「偉大的偉，去掉人字邊，斜玉旁那個瑋。」

「還在讀書嗎？」

方瑋搖頭說：「我已經連續兩年沒考上大學了，目前在我媽朋友介紹的便利商店打工，等入伍通知。」他想了一下，忐忑不安地說：「不過，我剛剛才和老闆吵了一架，不幹了。」

「喔。」媽媽安靜了一下。她說：「你這樣你媽一定很擔心。」

「是啊，」他垂頭喪氣地想了想，忽然說：「拜託妳別告訴我媽這件事。」

「她早晚會知道的吧？」

「暫時還是別告訴她，」他看了看自己的腳，又說：「光是這個已經夠我媽受不了了……」

車內沉默了一會兒。

「你聯絡上家人了嗎？」媽媽問。

「還沒。」

媽媽示意我把手機再借給方瑋。他又撥了一次電話，還是沒有人接聽。方瑋掛斷電話，搖搖頭，又把手機還給我。

咿喔咿喔的聲音安靜了下來，一個小小的上坡之後，救護車停在急診室門口。後方車門打開，迎面是醫院急診室的工作人員。上次我鬧笑話掛急診，那個護士阿姨認出了我。她笑咪咪地說：

「哎呀，原來是潘小弟弟，你又來了。」

「這次不是我，」我指著後面，鄭重地聲明：「是我媽，還有這位先生。」

救護人員讓方瑋搭著肩膀，慢慢爬下救護車。他把方瑋交給護士之後，又回過頭要來拉媽媽的擔架。

「等一下，」媽媽坐起來，對救護人員說：「我可以。」

「真的沒問題嗎？」我不放心地問：「妳可不要逞強，爸爸馬上就到了。」

一聽到爸爸，媽媽似乎復元得更快了。「當然可以。」媽媽說著從擔架爬下救護車。

為了證明她已經完全恢復，不需要爸爸幫忙，媽媽還特別用一種健步如飛的誇張方式，踩著高跟鞋，喀嗒喀嗒地從警衛面前走進了急診室。

救護車很快開走了。我正要走進急診室，忽然聽到背後一聲緊急煞車的聲音，回頭一看，原來是爸爸的汽車趕到了。他把車停在急診室門口，無頭蒼蠅似地從汽車裡面走出來。

「爸。」我連忙走了過去。

「這位先生，」門口的警衛站了起來，他說：「你不能把汽車停在這裡。」

「對不起，我很急，我太太出車禍，昏倒了。」

警衛打量我，又打量爸爸，一臉懷疑的表情問：「你是說剛剛救護車上那位穿高跟鞋的太太？」

「對，」爸爸顯然沒跟上最新的發展，理直氣壯地說：「就是那位穿高跟鞋的太太。」

「先生，這裡是急診室，沒有人不急的。」警衛說：「如果大家都像你這樣，那還得了。」

「你這個人怎麼這樣呢！」爸爸生氣地說。儘管我一直拉扯他的手，可是他全沒注意，一直對警衛說：「我不是跟你說我太太車禍昏倒了，我很急嗎？」

警衛擺了擺手，一臉公事公辦的表情說：「你還是先把汽車停到旁邊的收費停車場去吧。」

爸爸的臉色一陣紅一陣綠，眼看就要和警衛開始大吵大鬧，我附到他耳邊大聲地說：「媽媽剛剛是穿著高跟鞋，」趁他回頭，我又模仿媽媽剛剛的表情和動作，「這樣子，喀嗒喀嗒走進急診室去的。」

沒多久，方瑋的X光片沖洗出來了。一個值班的骨科醫師把X光片放上閱片架，一手撫著下巴，另一手指著X光片上膝蓋附近的位置。

「這裡，有沒有？」他略帶鼻音的腔調說：「膝蓋骨裂開了。」

我相信包括我、媽媽還有爸爸以及方瑋，沒人看懂他指出的位置在哪裡，可是我們全都點著頭，裝出一副了然的樣子。
「現在怎麼辦呢？」爸爸問。
「可能要進手術房開刀，用鋼線固定膝蓋骨。手術本身不難，一個小時之內應該就開完，不過之後還要再打上石膏固定六個禮拜。」
「現在就開刀嗎？」
「開刀房目前很忙，你們可能要等一下喔。」骨科醫師看看手錶，又看看我們說：「暫時不要吃任何東西，等一下護士小姐會來辦必要的手續。」說完之後他頭也不回地走開了。
媽媽告訴方瑋：「你就安心地在這裡治療吧，至於醫療費用，還有其他一切，我會處理的。」
媽媽才說完，爸爸立刻把她拉到一旁，不悅地說：
「妳幹嘛這麼大方？妳撞到他，他也撞到妳了啊，誰對誰錯都還不知道呢。妳現在就認錯，什麼都答應對方，萬一將來家屬敲妳竹槓怎麼辦？妳別這麼單純好不好？」
「是啦，我很單純，」媽媽沒好氣地說：「你都比較深思熟慮啦。」
爸爸沒察覺媽媽的臉色不好看，還繼續說：「我就說嘛，開車有什麼好？看吧，麻煩不是來了嗎？」

媽媽正要發作，交通警察來了。

「這份筆錄你們看一看，」他說：「如果沒有問題的話，在上面簽個名。」

媽媽接過事故調查報告和筆，二話不說就要簽字。

「等一下，」爸爸搶過筆錄，看了半天。他問警察：「這裡寫著：『由雙方自行和解』，這是什麼意思？」

「你們自己處理處理嘛，像是醫療費用、精神損失這些啦，多少賠償一些，畢竟對方受傷了嘛。」

「我太太也昏倒了啊。」爸爸說：「他說我太太從巷口衝出來，他自己也從巷口衝出來啊，他一樣有錯，為什麼是我們賠償？」

「照說雙方經過巷口都應該放慢車速，不過，汽車撞機車，機車騎士又受了傷，依照慣例……」警察停了一下，說：「你們不是有強制責任保險嗎？如果你們和解了，費用的部分可以找保險公司理賠啊。」

「我怎麼知道你說的是真的還是假的呢？」爸爸說著，想起什麼，「等一下，那張保險證還放在汽車上，」他把紀錄交還給警察，「我馬上回來。」說完衝出急診室去。

爸爸一走開，媽媽面無表情地對警察說：「調查報告給我。」她接過警察的紀錄，快速地瀏覽了一遍，乾脆俐落地在上面簽名。「好了，」她又把紀錄還給警察說：「就這樣。」

警察有點忐忑地收回紀錄，他說：「可是，妳先生剛剛……」

「我是當事人，我的事情我自己處理，不用他介入。」

「喔，那……」警察問：「受害者人呢？」

「受害者」聽起來很刺耳，好像我們做了什麼喪盡天良的事一樣，不過媽媽沒有說什麼，只是指了指方瑋的方向。警察也沒再說什麼，拿著紀錄走了過去。

沒多久，爸爸一邊講手機，一邊從急診室外面走了進來。

「是，我再重複一遍，處理員警的名字，警察分局，醫師診斷，繳費單據……嗯，和解同意書，」他顯然正在跟保險公司的人講著電話，「我會記住你所說的處理原則，那麼，我們隨時保持聯絡。」爸爸掛上電話，來到我們面前。

「警察呢？」他詫異地問。

「走了。」我說。

「那份調查報告呢？」

「我簽了。」媽媽說。

「簽了？」爸爸懊惱地說：「剛剛不是要你們等一下嗎？」

「我自己的事情我自己會處理，不敢麻煩你這個大忙人。」

「妳有沒有想過，妳這樣隨便亂簽字，萬一到時候吃虧妳怎麼辦？」

「就算那樣，也是我自己的事。」

「怎麼會是妳的事呢，」爸爸不悅地說：「弄到最後賠錢還不是我在賠？」

「你開口閉口都是錢，我問你，」媽媽可火大了，她說：「當初我想出去工作賺錢，又是誰不肯的？」

「聽著，妳開不開車的事情我不跟妳計較，妳撞到人我也不計較，可是妳至少理性一點嘛，」爸爸說：「我剛剛已經問了保險公司……」

「什麼理性不理性？」媽媽打斷他，生氣地嚷著：「你——就——當——作——是——撞——到——了——小——潘——嘛，管他什麼保險公司，賠不賠錢，撞到小潘你會在乎嗎？」

「妳至少保護自己嘛……」

「現在那個小孩躺在病床上等開刀，是他需要保護，」媽媽的聲音愈來愈大，「我幹嘛保護自己？」

急診室裡很多人都轉過頭來看我們，可是媽媽視若無睹。她大刺刺地拿走我手裡的手機，開始撥電話給大舅媽。大舅媽是這個醫院的護理長。媽媽接通了電話，告訴大舅媽她撞到了人，對方正在急診室等著開刀。

「小孩子的媽媽還沒到，又不曉得等到什麼時候才能開刀，」媽媽說得好像真的是我被撞到了一樣，「我都快急死了，拜託妳一定要幫忙，拜託……」

講完電話，媽媽挑釁地看著爸爸，似乎愈是那樣無私地為別人低聲下氣，媽媽就愈有一種心滿意足的快感。

2

「你媽人看起來似乎很不錯，」方瑋說：「不像我媽。」

「我媽不錯的時候是很不錯啦，」我說：「你媽怎麼了？」

「我媽啊，」他努了努嘴說：「我媽很囉嗦……」

「喔，囉嗦啊，你想錯了。這方面我媽也差不多。」

「不會吧？」

「唉。」

方瑋本來還苦笑著，不過他似乎看到了什麼，一下子收斂起了笑容。順著他的目光回頭望，我看到一個燙著捲髮的歐巴桑，還有另一個短頭髮的女人走了過來。

「你媽？」我問方瑋。

他點點頭。

「我去繳費處找我爸和我媽過來。」

我和方瑋的媽媽擦身而過，還沒走遠，就聽見方媽媽氣急敗壞地大罵著：「你這個死囝仔，騎車不長眼睛的是不是？你是存心要讓我擔心死，還是要讓我氣死……」

現在我總算見識了方瑋所謂的「囉嗦」是怎麼回事了。即使走出了觀察室很遠，我還是可以聽到方媽媽呱啦呱啦的節奏，高低起伏。那陣嘮叨就這樣滔滔不絕，直到我在櫃台前找到爸爸和媽媽，走回病床，仍綿延地持續著。

「對不起，」媽媽打斷她，自我介紹說：「我是潘太太。」

方瑋媽媽轉身，防衛性地把爸爸和媽媽從頭打量到腳，又從腳打量到頭。

「就是妳撞到我們家方瑋？」

「對不起。」媽媽鞠了一個九十度的大躬。

「哎喲，」方瑋媽媽皺起了眉頭：「妳這麼大一個人，怎麼這麼不小心呢？」

「真的很對不起。」媽媽又鞠了一個躬。

「好好一個人被妳撞成這樣，現在說對不起有什麼用呢？醫生來看過了沒有？」

「醫生說是膝蓋骨裂開，需要開刀……」

「啊，膝蓋裂開？」她睜大眼睛說：「那我們阿瑋以後不是變成殘廢了嗎？」

「方太太，妳不要擔心。醫生說只要開刀固定，再打上幾個禮拜的石膏，方瑋就可以恢復了。」

「好好一個人，被撞得都要開刀了，我怎麼能不擔心呢？」方媽媽沒好氣地說：「換成是妳兒子被撞到妳會不會擔心？」

媽媽低下頭。

方媽媽又說：「妳車開到巷口，本來就應該減速的，妳這個人怎麼這麼糊塗？」

見媽媽挨罵連連，爸爸說：「這位太太，妳別急著怪別人好不好，巷口本來就很危險，要不是妳兒子自己也沒減速，怎麼會變成這樣呢？」

「你是誰，」方瑋媽媽問：「說話怎麼這種態度？」

情勢變得有點緊張，我注意到方瑋眼睛巴答巴答地望著媽媽。

「不好意思，他是我先生。」媽媽瞪了爸爸一眼，把爸爸擠到身後去說：「方太太，妳就讓小孩子在這裡安心治療吧。我會拜託醫師關照，相關的醫療費用我也會負責的。」

「當然是妳負責啊，小孩被撞成這樣，」方媽媽身旁的短髮女人說：「難道還我們負責不成？」

「妳又是誰？」爸爸又站到前面來。

「我是方瑋的阿姨，怎麼樣？」

爸爸說：「我太太已經很夠意思了，妳們不要得寸進尺，說話這麼不客氣。」

「我就是不客氣，怎麼樣？」短髮女人說：「說難聽一點，你們不撞到人，我憑什麼在這裡不客氣？」

緊張情勢節節升高。這時候，一個穿著長袍的醫師帶著兩個醫師，很神氣地走了過來。

「方瑋？」跟在後面的醫師喊著。

我們全停下了爭吵，把目光投向他們。

「我是骨科部高教授。」穿長袍的醫師自我介紹：「９Ｃ病房護理長特別拜託我來看看方瑋。」

一聽到教授，大家全露出敬畏的表情，向他點頭致意。高教授沒多搭理我們，自顧往前，在方瑋身上東看看，西摸摸，又拿出原先那張Ｘ光片指指點點，還對著兩個跟班醫師交代了半天。

「妳就是９Ｃ病房護理長的親戚？」他問方瑋媽媽。

方媽媽搖搖頭。

「是我，」媽媽站在稍後方，微微抬高手，「9C病房護理長是我的兄嫂。」

「喔，」高教授對媽媽說：「小孩子的情況看起來應該還好，不是很嚴重，我請他們立刻就送進開刀房，等一下我會親自給他開刀。」

「謝謝，」媽媽說：「謝謝。」

「不要客氣，我和9C護理長是老朋友了，她拜託的事情我一定盡力。」

高教授說完帶著兩個跟班醫師，像他來時那麼神氣地離開了。受到這股氣勢影響，我們全不自覺地對著高教授的屁股鞠躬，直到他走遠了，大家才抬起頭來。

氣氛變得和高教授來以前不太一樣。或許正因為不知怎麼連貫下去吧，情況有點尷尬。又過了好一會兒，方媽媽才打破了沉默。

「9C護理長是妳去拜託的？」她問媽媽。

「嗯。」媽媽回答。

現在方瑋已經連人帶床被推到樓上的開刀房去了。原來床位的位置空出了一大塊，包括爸爸、媽媽、我，還有保險公司職員全都站在那裡。

保險業務員留著小平頭，穿深色的西裝，領帶和襯衫全都縐縐的。他面色凝重地聽完爸爸敘述，又問了許多細節之後，深思熟慮地說：

「當然，道義上的關切當然是必要的，只是，像這樣的意外事故，警察那份交通事故調查報告表的意見很重要，通常保險公司會以報告中的責任鑑定作為理賠的依據。」

「就是剛剛警察要我簽名的那一份？」

「妳還記得上面是怎麼判定責任的嗎？」

媽媽搖搖頭。

爸爸說：「哎啊，就叫妳不要隨便簽名，要懂得保護自己嘛……」

保險員說：「潘先生你不要急，這部分我會先去警察局把報告調出來看一下再說。」

媽媽問：「既然我們保了第三人強制意外險，保險公司不是就應該理賠嗎？」

保險員說：「話是這樣說沒錯，問題是強制保險的保額有限，如果對方一口咬定是妳錯，我們理賠的金額未必能夠滿足對方的要求……」

媽媽問：「我們一定要滿足對方的需求嗎？」

保險員說：「當然是這樣最好啦，否則你們不能和解，大家就只好上法院。」

爸爸說：「上法院？」

保險員說：「上法院還算好的呢，有些受害人不走法律途徑，那更麻煩。請來了黑道啦、流氓啦，什麼威脅、恐嚇的手段我們都碰過。」

看到爸爸和媽媽不說話了，保險業務員又說：「請恕我直言，像潘太太剛剛答應對方所有醫療費用就不是很恰當的作法。」

爸爸問：「為什麼不恰當？」

保險員說：「一方面醫療費用的定義實在很模糊，像是吃中藥啦、營養品啦或者是復健、按摩、特殊療法，這些算不算醫療費用？如果這些也算醫療費用的話，賠償金額就很難控制。再者，從談判心理學的觀點，如果一開始對方提什麼你們就答應什麼的話，將來他們要求賠償時，很容易傾向獅子大開口……」

爸爸問：「現在我們該怎麼辦？」

保險員說：「這種事並沒有一定的公式，不過我是建議啦，可能的話，盡早讓有經驗的專家介入，協助你們。」

「你是說，」爸爸問：「你可以幫我們談判？」

「這其實已經超出我們服務的範圍了，不過，我們公司標榜的就是熱忱，」保險員笑了笑說：「如果你同意的話，我可以等一下就先去看看家屬，和他們溝通溝通。」

媽媽不同意這個提議。她說：「小孩子都還沒開完刀，現在保險公司去跟人家談什麼呢？」

保險員說：「如果妳介意『保險公司』太敏感，我也可以自稱是妳的親戚。」

媽媽搖搖頭，她說：「今天的親戚夠多了。」

爸爸說：「妳就讓他一起去看看嘛。」

媽媽說：「是我們撞到人，又不是人家撞到我們，人家沒跟我們提錢的事情，我們跟人家提什麼呢？」

爸爸說：「有個人幫忙，總勝過妳一個人胡搞瞎搞吧。」

你可以很明顯看出爸爸已經完全把她惹毛了。媽媽雙手扠腰說：「現在到底是我撞到人，還是你撞到人？」

保險員一看到情況不妙，很識趣地在臉上堆起了笑容。

「這樣好了，」他從口袋掏出名片，遞了一張給媽媽，「如果妳有什麼問題，歡迎隨時打電話給我，我們保持聯絡。」

保險員轉身要走，被爸爸叫住。爸爸也跟他要了一張名片。

兩個小時之後，方瑋從恢復室被送了出來，我們在等候室遠遠就可以看到他的左腿被裹上了厚重的石膏。

護理人員叫著：「方瑋的家屬！」

我們一共有五個人迎上去，跟著推床往病房的方向移動。

方瑋的媽媽喊著：「阿瑋，阿瑋。」

方瑋看起來很清醒，只是眉頭深鎖，像是吃了不少苦頭的樣子。他的媽媽一直叫他，他都沒有回應。

「阿瑋，你怎麼了？」

過了一會兒，他才哭喪著臉抱怨：「醫生剪壞了我的牛仔褲，那件很貴的Armani牛仔褲……」

大家被這突如其來的抱怨弄得有點哭笑不得。

「別難過，」只有我媽，一直安慰方瑋。她似乎完全沒聽進保險員的話，大方地說：「Armani剪壞了，我再買一件全新的送給你……」

3

【夢】

這回換成了我被汽車撞倒了，同樣的地點，同樣的陽光，同樣的樹下。

從肇事汽車裡面跑出來的竟是方瑋和他媽媽。我被救護車送到醫院去，開了刀又打上石膏，躺在病床上動彈不得。爸爸氣急敗壞地對方瑋的媽媽大嚷：

「你們把我的孩子撞成這樣，你們要負全部的責任。」

「你們小潘也有錯，為什麼要我們負全部責任……」方瑋媽媽也說。

他們兩個人最先吵了起來。媽媽勸爸爸別那麼沒風度。爸爸說：「小孩被撞成這樣，我哪管得了什麼風度。」媽媽又和爸爸吵了起來。緊接著，方瑋的阿姨、醫生、警察還有保險員統統來了，他們每個人都和每個人大吵，爭吵的聲音愈吵愈大。最後連急診室病人也來抱怨太吵了，結果所有的人吵成一團，情況愈發不可收拾……

星期天一大早，我就這樣驚醒了。

吃早餐時，我跟媽媽講了一次惡夢的經過。說完之後，我說：

「我想去看方瑋。」

媽媽說：「好啊，我也正想去看看他。」

爸爸主動表示他可以開車載我們去醫院，不過他不想去病房，他還得送哥哥去補習。

「你們好了之後，打手機給我，」他說：「我先載大潘去補習。」

方瑋並沒有像我在夢中看到的那樣，躺在病床上動彈不得。他早已經下床了，裹著厚厚的石膏，雖然還吊著點滴，可是點滴架正好派上用場當枴杖。他就這樣拄著點滴架到處跳來跳去。

我帶了一本侯文詠寫的《頑皮故事集》給他。

他接過書，問我：「你喜歡看這個啊？」

我說：「這個很好笑。」

「對啊，」我說：「我常拿這個來做交朋友的測試，很準的。」

他問：「怎麼說？」

我說：「看這本書的人通常會有兩種極端不同的反應：一種人是瘋狂的哈哈大笑，另外一種是完全不笑。我和那種瘋狂大笑的人很容易就會變成好朋友，另外一種比較難。」

「真的？」說著他立刻一拐一拐地跳回病床，坐在上面，翻開書，從第一篇〈看牙醫〉讀起。結果果然不出我所料，他開始不可抑遏地狂笑，一邊看，還一邊抬起頭說：「真的很好笑。」

我得意地笑了笑。看來我們很有機會變成好朋友。

方瑋的媽媽不在。那個短頭髮的阿姨把我們送去的水梨拿了出來，她把水梨洗好，又削了一盤給我們吃。吃了幾口之後，那個阿姨跟媽媽招了招手。

「潘太太，有件事我想跟妳商量商量，」她說：「我們到外面去談吧。」

病房雖然是雙人房，可是另一床空著。媽媽跟著她走出去之後，房間內就只剩下我和方瑋兩個人了。

我問：「那個人，真的是你的阿姨？」

方瑋說：「其實也不全然是，她們很熟，不過……我媽還欠她一些錢。」

我問：「你媽有工作嗎？」

方瑋說：「她在擺麵攤。」

我又問：「你爸呢？」

方瑋說：「我爸中風了，他以前是大廈管理員，不過現在沒有工作了。」

「喔。」

我們同時都沉默了一下。方瑋說：「對了，請你代我謝謝你媽，沒讓我媽知道我和老闆吵架，不幹了的事。」

「你還沒告訴你媽啊？」

「唉。」他嘆了一口氣。

「你看起來好像很懊惱？」我說：「你為什麼不乾脆回你家的麵攤幫忙呢？」

「我家麵攤？」他無奈地笑了笑，「沒有人會喜歡那裡的啦。」他若有所思地想了想，又說：「總之，我有我自己的未來。」

「你的未來是什麼？」我又好奇地問。

「呵，」他苦笑了一聲，「還真是被你問倒了。」

沉默了一會，他從床頭櫃拿出了一台電動玩具來，問我：「你剛剛說你喜歡打電動？」

我露出笑容，接過了電動玩具，自顧打開電源，打起電動玩具來。方瑋興致缺缺地看我打了一會兒，斜躺到病床上去。

他自顧喃喃地說：「有時想起我媽對我的期望……唉，我應該算是個超級不孝子吧。」

我忙得不可開交，沒空多說什麼。方瑋只好翻開我帶給他看的書，安靜地讀了起來。他每隔幾分鐘就發出一陣狂笑，一直要和我分享書上的劇情。我目不轉睛地盯著電動玩具螢幕，不停地跟他說：

「你別吵，再看下去，下面更好笑。」

一會兒，媽媽和方瑋的「阿姨」面色凝重地從病房外面走了進來。

媽媽問：「你們談好了嗎？」

這實在是一個怪問題。是妳們在談的吧？我和方瑋從來沒有談「好了」或者是談「不好了」的問題。不過我還是停下了遊戲，把電動玩具還給方瑋。

正要離開時，方瑋高舉手中的《頑皮故事集》，問我：「這個作者的書，你還有嗎？」

我點點頭說：「我和我哥哥全部都有。」

他笑著說：「下次多帶幾本過來。」

汽車在往回家的路上奔馳。

爸爸問媽媽：「對方跟妳開口了嗎？」

「嗯，是上次見到的那個阿姨，」媽媽的臉色似乎很難堪，她說：「她要我們賠償醫療費用，針灸、復健的費用，還有薪資損失、精神損失……」

「有沒有說多少錢？」

「沒有，」媽媽說：「她一直說方瑋家情況不是很好，現在小孩子又開刀不能工作，他們還要多出人手來照顧小孩……」

我坐在後座，補充說：「他爸爸還中風。」

爸爸回頭白了我一眼，一副怪我多管閒事的表情說：「怎麼全世界的災難都發生在他們家？」他轉回頭去，問媽媽：「妳怎麼說？」

「我沒說什麼，只是叫她合計合計。」

看得出來爸爸開始有些焦慮不安。他拿出了手機急著要打，又覺得這樣開車講行動電話似乎不妥，於是把車停到路邊。他打開車門走出車外，就這樣發動著引擎，一手扶著車窗打手機。

從爸爸單方面講電話的內容聽得出來，他應該是打電話給保險員。

「對方開口了，要我們賠償醫療費用，針灸、復健的費用，還有薪資損失、精神損失……嗯，對，看來有點麻煩……沒有，他們還沒有開口，我太太要他們先合計看看……對，那你們的經驗呢？合理的賠償應該是多少錢……多少？六萬元……怎麼可能？光是開刀住院的費用就四萬多元了，」爸爸皺了皺眉頭，「我知道你們有你們的規定，可是這個金額也太少吧，我們自己的責任我自己當然會負責，問題是如果不用你們賠償，我們何必保什麼汽車強制責任險……和解書，嗯……你等一下，我和我太太商量一下，」爸爸一手摀著電話，彎下腰，把頭探進車內問媽媽：「保險員說賠償金額底限大約是六萬元，如果有必要的話，他可以協助我們談判，妳覺得怎麼樣？」

媽媽搖搖頭。

爸爸又伸直了腰，把頭拉出車外。

他對著電話說：「我們再考慮考慮一下好了。」他掛斷電話，坐回駕駛座，問媽媽：「妳不讓他去談？」

「給你六萬元，讓你去給別人撞一下，開刀，住院，還要打石膏一個半月，你肯不肯？六萬元怎麼可能談得成？要是談砸了，又是上法院，又是找流氓的，最後倒楣的還不是我？」

爸爸本來還想說些什麼，然而有鑑於之前的經驗，爸爸決定閉嘴，重新開動汽車。汽車才動沒多久，手機響了。媽媽一接起手機，我就聽到莉莉阿姨那高八度的聲音。媽媽聽她哇啦哇啦說了半天，嘆了一口氣說：

「唉——莉莉啊，我撞到人，現在煩都煩死了，哪有心情陪妳逛街。」

一進家門，莉莉阿姨已經坐在客廳了。她問媽媽：「咦，George 呢？」

「他去補習班載大潘，」媽媽去廚房幫莉莉阿姨倒了一杯果汁來，興致勃勃地說：「莉莉啊，妳什麼時候拉過保險，我怎麼都不知道？」

莉莉阿姨接過果汁，喝了一大口。她說：

「哎呀，我沒跟妳說過嗎？我從前可是超級營業員，一年業績少說好幾千萬呢。」

媽媽問：「那怎麼又不做了？」

「還不是怪 Jeffrey 這個沒良心的，跟他拉保險拉了半天，一個保險沒賣出去也就算了，還被他哄得昏頭轉向，連人都嫁給他了。婚後說什麼也不肯讓我去賣保險，要我在家當賢妻良母……哎呀，我可真是賠了夫人又折兵，虧大了！」

「不會吧，」媽媽看著莉莉阿姨一身時尚名牌說：「妳這樣很好啊，愛買什麼就買什麼，怎麼會虧大呢？」

「就是虧大了，才會這樣瘋狂地撈本啊，」莉莉阿姨喜孜孜地說：「不這樣，日子怎麼過得下去？」

「哎呀，莉莉，妳別鬧了，我今天是有正經事要請教妳。」

莉莉阿姨說：「我哪有鬧，我說的也是正經事啊。」

「哎喲，我都撞到人了。」媽媽說：「像這種第三人意外險，通常保險公司是怎麼理賠的？」

「如果我沒記錯的話，保險公司的給付應該是依據保額的大小，再乘以妳所需負的過失責任比率計算理賠金額的。好比說發生了事故，如果保額是一百萬，妳所負的過失占百分之五十，那麼依規定就是賠償五十萬元。」

「問題是我怎麼知道我負的過失責任占多少比率呢？」

「照說是應該根據警察的事故調查報告來判定。問題是調查報告上面根本不可能說得那麼清楚，誰要負百分之多少，誰又是百分之多少的責任啊。所以問題來了，所謂的『過失責任』的比率全靠自由心證，以及靠妳怎麼跟受害人談判了……」

「那妳說，我的過失責任大好呢，還是過失責任小比較好？」

「對保險公司而言當然是妳的過失小比較好了。」

「妳是說，」媽媽問：「我應該讓他們幫忙談判？」

「這倒也未必。」莉莉阿姨神秘地笑了笑，說：「他們保險公司業務員啊，畢竟是跟保險公司領薪水，總是傾向少賠一點，未必有利於和解……」

「妳是說，我應該站在受害人那邊，反過來要求保險公司給付多一點賠償？」

「這也未必，」莉莉阿姨說：「如果妳一口咬定百分之百的事故責任由妳承擔，保險公司固然必須賠償百分之百保額。問題是，萬一妳的受害人對妳要求更高的賠償金額的話，就算百分之百的保額，也未必夠賠。」

「那我豈不要自掏腰包了？」

莉莉阿姨點點頭。

媽媽說：「哎喲，妳說我到底該怎麼辦才好呢？」

莉莉阿姨說：「大小姐，這種事情只能走著瞧，妳煩也沒有用。走啦，我們去逛街，這時候逛街最適合了。」

「我哪有心情逛街？」

「怎麼會沒有呢？」

「萬一對方獅子大開口，我哪來錢賠人家？」

「怎麼會沒錢？」莉莉阿姨說：「了不起妳跟 George 撒撒嬌，不就得了。」

「啊，George 那麼小氣，上次生日禮物的事妳也看到了，更何況他從一開始就反對我開車，到現在還在嘔氣……唉，」媽媽沉默了一下，「反正，無論如何，我是不會再低聲下氣跟他開口要錢的。」

「跟自己的老公撒嬌有什麼關係呢，又不是外人？哎呀，妳別擔心了，這年頭啊，」莉莉阿姨說：「只要是錢能夠解決的事情都算是小事。」

「呵，妳說得還真容易。」媽媽不以為然地笑了笑。

4

方瑋出院那天我又去看他。他媽媽忙著辦出院手續，病房裡面只剩他一個人。

方瑋挺著一隻打石膏的腿，坐在椅子上。他的行李已經收拾好了，連同臉盆、牙杯這些瑣碎，就放在椅子旁邊。

他看到我笑了笑，交給我一個信封。他說：「先給你這個，免得到時候忘記了，我媽要我請你轉交給你媽媽。」

我問：「這是？……」

「單據，還有一些跟錢有關的資料吧……我媽說高教授很關心我，你們又對我這麼好，賠償的金額她不知道怎麼開口，所以寫在裡面。」

「噢。」

「我媽還說事實上有很多人慫恿她跟你們多要一點錢，可是她覺得這樣她會良心不安，所以只寫了必要的費用……」

我看了一眼信封，沒再說什麼，把它對摺放進口袋裡。

氣氛似乎有點小小的尷尬，方瑋扭捏地說：「請代我跟你媽說對不起，害她賠錢，」他欲言又止，停了一會兒才說：「那天我自己心情也不好，騎車心浮氣躁的。」

「別這麼說，其實我媽開車也不是很熟練。」

「對了，謝謝你借我侯文詠的書，」他指著放在地上的書，「一共六本，謝謝。」

「很好笑吧？」我蹲到地上去，把書搬起來。

「其實也不全然只是好笑。」他說著，又起身跳呀跳地，跳到床頭櫃前，把上面的電動玩具拿了過來，「這台電玩送給你。」

「我，」我受寵若驚地說：「不好意思吧？」

「謝謝你這陣子常常來陪我。」

「沒什麼啦，我自己在家裡也真的很無聊。爸媽老是吵來吵去的，哥哥要準備學測沒空理我，妹妹又老是玩一些很幼稚的遊戲……」

我看了看電動玩具說：「你自己呢，不打了嗎？」

「我打了十幾年，打都打煩了。」

「打電動玩具也會煩啊？」我好奇地問。

「怎麼不會煩呢？打來打去還不就是那樣，跟你的人生有什麼關係呢？」

「電動玩具就是電動玩具，為什麼要跟人生有關係？」

「當然不需要有什麼關係，只是，」他說：「我在想，如果我的人生是電玩遊戲的話……我應該是一個很爛的玩家吧，不但玩得一事無成，還惹得別人替我著急。」

「我從來沒有這樣想過。」

「我以前也從來沒有這樣想過，只是那天被你媽的車撞到飛起來時，我嚇了一大跳，當時心裡閃過一個念頭：會不會就這樣game over了？說實在的萬一真的

game over，又不是按一下 replay 就可以重新開始那麼簡單的事……」

聽起來像是很深奧的哲理。我沉默了一下，又問：

「你出院以後打算怎麼辦呢？」

他望了望自己腿上的石膏，說：「這個恐怕還要三、四個禮拜才能拿掉，何況我的入伍通知隨時就到，要找新工作大概也不太可能吧。我這次出院之後大概暫時會回麵攤去幫忙吧。」

「你不是說你有你自己的未來嗎？」

「是啊，可是我給我媽媽惹的煩惱也夠多了，我想趁著當兵前陪陪她，以後未必有這個機會了，」他沉默了一下，意味深遠地說：「其實這次撞了一下也不錯，讓我有機會靜一靜，讀到侯文詠的書，也想了很多事……」

方瑋說到這裡，看到他媽媽走進病房來，沒再說下去了。

方媽媽說：「小潘來了啊？」

「對啊。」

「要不要吃水果？」

「不用了。」

「媽媽好不好？」

「好。」

「爸爸呢？」

「也很好。」

「小潘呢，有沒有用功讀書？」

這個嘛……

「小潘趁現在要好好用功讀書啊，不要像我們家方瑋一樣，」說完方媽媽還瞟了方瑋一眼說：「老大徒傷悲。」

我一直想著口袋裡面那封信，可是從頭到尾，方瑋媽媽一個字提都沒有提到那封信，彷彿它根本不存在似的。

回到家，我把信封交給媽媽。媽媽拆開信封，裡面是一疊用迴紋針別住的影印文件。她邊讀第一頁，邊翻後面的文件，翻完之後又跳回來讀第一頁。

「怎麼了？」我問媽媽。

媽媽沒有回答我，只是若有所思地看著掛在客廳牆壁上的畫。

爸爸來了，也問：「怎麼了？」

媽媽把信交給了爸爸，說：「這是對方要求的賠償。」

爸爸接過文件，也一樣邊讀邊翻後面的文件。

「十八萬六千元？」爸爸有點激動地說：「保險公司不是說一般行情才六萬元左右嗎，他們怎麼開得出這麼高的價錢，足足三倍？」

媽媽雖然沒說什麼，可是臉色不是很好看。

我補充說：「方瑋的媽媽說，其實有很多人慫恿她跟我們多要一點錢，只是她覺得這樣良心不安，所以只寫了必要的費用……」

「獅子大開口還說得振振有辭，」爸爸咬牙切齒地說：「我說嘛，這年頭對別人太好也沒用啦。」說著，爸爸看了媽媽一眼，拿出了手機要撥號。

「你打電話給誰？」媽媽問。

「打給保險公司啊，」爸爸說：「我一開始就看出來，那個小孩子一家人不是什麼好東西，我看妳就不用再堅持了，讓保險公司直接去對付這種沒良心的受害人算了！」

「不用了。」媽媽說。

「怎麼又不用了呢？」爸爸放下了手機。

「小潘，」媽媽說：「你不是有方瑋的電話嗎？」

「有。」

「你幫我打電話給方瑋，問看看他們家住在哪裡？」

爸爸問：「妳要幹什麼？」

「我自己去跟他們砍價錢。」媽媽說：「反正我惹出來的事情，我自己會處理。」

爸爸的提議雖然沒有被採納，可是他聽媽媽說出「砍價」這兩個字，還是露出了寬慰的表情。

我們去方瑋家拜訪是兩天之後的事情了。

爸爸開車載我們去。一路上，他不斷地對媽媽面授機宜，一會兒交代談判的要領是什麼，一會兒又模擬各種情況，告訴媽媽如果對方這樣說，媽媽該如何應付，那樣說又該怎麼回答……

媽媽沒有說話，只是面色凝重地聽著。

臨下車前，爸爸把保險公司鄭重交代的和解同意書交給媽媽，還不放心地問：「妳確定不用我和你們一起去？」

「不用。」

「好吧，」爸爸說：「談好了打手機給我。」

我和媽媽走出汽車，沿著巷口走沒多遠，就看到了方瑋家的麵攤。麵攤就在轉角的騎樓下，晚餐時間已經過了一會兒，桌椅間稀稀落落地坐著客人。

遠遠地我就看到方瑋了。他身上穿著圍兜，正拄著枴杖站在麵攤後面切著滷味。麵攤旁邊的地上是一個充滿清潔劑泡沫的大水盆，方瑋媽媽就蹲在大水盆前洗碗。

「你們來了，」方瑋先看到了我們，停下了手邊動作說：「媽，小潘他們來了。」

「啊，你們來了。」他媽媽看到我們，立刻站起來招呼我們，滿臉笑容地說：「請坐，請坐，」她讓我們坐在一張空桌椅前，兩隻手在圍兜上擦呀擦的，「吃飽了沒有？我煮餛飩給你們吃。」

雖然我和媽媽都說不用，可是方瑋媽媽卻非常堅持要我們嚐嚐麵攤的招牌菜。儘管媽媽和我面有難色，違拗不過方瑋媽媽的熱情，最後只好恭敬不如從命。

方媽媽下了幾個餛飩，巷口忽然傳來垃圾車的音樂。她抬起頭看了一下，交代方瑋：「幫我照顧一下餛飩。」

「喔。」方瑋拄著枴杖，才送完滷味，一跳一跳衝回麵攤，接續未完成的餛飩湯。煮好之後，他雙手各端著一碗湯，一拐一拐地走了過來。

他笑著說：「試看看。」

方媽媽俐落地拎起兩大袋裝滿了用過的保麗龍餐具以及廚餘的超大垃圾袋，急急忙忙要去倒垃圾。她走了幾步，不曉得聽到什麼，忽然停住，回過頭來。順著方媽媽的目光看去，騎樓樓梯口走下來一個老先生，蜷曲著一隻手，另一隻手抓著一大袋垃圾，同時手肘還掛著另一大袋，搖擺著身體，很勉強地走下來。

我問方瑋：「那是誰？」

方瑋說：「我爸爸，他中風一年多了。」

方媽媽放下了手上的垃圾袋，跑過去接手老先生的垃圾袋。老生生堅持要提手肘上那袋，他說：「我可以，我可以，妳去忙妳自己的吧。」

於是方媽媽提了一袋垃圾，又回過頭來要拿她原先放下來的垃圾。

方瑋向我們抱歉地笑了笑說：「我去幫忙一下，馬上回來。」說著，他又拐又跳地衝過去，和媽媽各提起一袋垃圾。

垃圾車已經到了巷口，許多住戶早提著垃圾袋等在那邊。方瑋媽媽一馬當先走在前面，方瑋拄著楞杖，稍落在後方，方瑋爸爸速度更慢，跟在最後面步履蹣跚地搖晃著。方媽媽就這樣來來回回，先倒完手上的垃圾，又回頭接手方瑋手中的垃圾袋，之後是方瑋爸爸手上的垃圾。

倒完垃圾之後，三個人從巷口一起走回來。他們走得很慢，巷口的街燈色調有點偏藍，垃圾車已經到下一個巷弄去了，音樂隱約還可以聽見。方瑋走在最前面，後面是方媽媽扶著方爸爸。他們要不是一跛一跛的，就是一拐一拐地，感覺很像才打完了一場仗的殘兵敗將。路燈把他們的身影拉得長長的，參差搖晃的影子更加深了那種悽涼的感覺。

方瑋最先坐回了我們這一桌，笑著說：「對不起，今天垃圾多了一點。」

方媽媽把方爸爸扶上樓去，過了不久也回來了。她洗了洗手，坐回我們這桌，靦腆地問：「湯怎麼還沒喝，都快涼掉了。」

媽媽喝了一口湯，抬起頭。

「方太太，」她說：「關於賠償的金額……」

媽媽慢條斯理地從皮包拿出了和解同意書。和我想像完全不同的是，這場大戲一點高潮也沒有。

「關於賠償的金額，我想，」媽媽說：「就按照妳提出來的價錢好了。」

回程的路上，從頭到尾我都趴在車窗上，看著窗外。一輪又圓又大的月亮像個硬幣一樣在天空掛著。

「都談好了？」爸爸問。

「嗯。」

「多少錢？」

「跟原來的一樣。」

「十八萬六千。」

「嗯。」

「不是說好要去砍價錢的嗎？」

「唉，」媽媽說：「你叫我怎麼開口？」

「不是都教過妳了，也模擬過了嗎？」

「你自己去看看嘛，爸爸中風，小孩子打石膏，全家只靠一個媽媽……」媽媽沉默了一會，說：「你就當是捐錢做慈善事業好了。」

「捐錢做慈善事業也要有收據抵稅啊，」爸爸不高興地說：「妳這樣算什麼呢？」

「你投資股票虧的錢，什麼時候又有收據可以抵稅了？」

「妳這是什麼跟什麼？」爸爸破口大罵：「不要每次事情做錯，動不動就拿股票的事當擋箭牌行不行？」

「你把話說清楚，什麼叫事情做錯？」

爸爸沒回答，我聽見有人動手扭開收音機，收音機裡傳出來一首老歌。

I love you just the way you are……

收音機才唱了一句，又被關掉了。

「我去跟我媽借錢，就算要賠也賠不到你的錢！」媽媽說：「這樣你滿意了吧？」

這之後，汽車內就不再有任何聲音了。

幸好沉默只持續到我們回家，爸爸在房間裡面打完電話為止。

「好消息，我們不用賠錢了，」爸爸從房間裡面走出來，興高采烈地宣布：「剛剛我跟保險公司的業務員談過了，他說對方開十八萬六千元其實還算是合理，他們保險公司會全額給付！」

看得出來媽媽並不想理會爸爸。可是她實在按捺不住了，不高興地問：「不是說一般行情只有六萬元嗎？怎麼現在十八萬六千元又可以給付了呢？」

「保險公司的業務說這樣其實也是為我們好。」

「什麼叫做為我們好？」

「他說六萬元的底限我們談到十八萬六千元，如果一開始就告訴我們十八萬六千元的話，那真不曉得會談成多少錢？」

5

方瑋拆掉石膏那天，我奉命帶著媽媽的錢陪他到附近的百貨公司買了一件全新的 Armani 牛仔褲。趁著牛仔褲褲管修改的時間，方瑋帶著我去買了一張感謝卡。他寫著：

親愛的潘媽媽：

謝謝妳在這次我受傷期間，對我的照顧，還送給我這件全新的牛仔褲。妳和潘爸爸，還有小潘，都是真正的好人，我從你們身上，學到了很多事情，也思考了很多事情。

「這樣好不好？」

「還不錯啦，」我想了想說：「我媽媽剛拿到駕照就撞到人，心裡一定很鬱卒，你可以安慰安慰她。」

「欸，有道理。」

他提起筆，繼續又寫：

雖然妳才學會開車，就不小心撞到人，可是國父　孫中山先生也是歷經了十次革命失敗才推翻滿清，建立了民國。可見只要有心人，天下無難事。希望妳繼續努力開車，千萬不要因為這次小小的挫折，就失去了信心。

相信妳的駕駛技術一定能夠突飛猛進的。敬祝

身心健康，萬事如意

方瑋 敬上

「這樣呢？」

「但願我媽不用真撞十個人才學會開車。」

「烏鴉嘴。」方瑋敲了一下我的頭。「對了，那天我跟老闆吵架的事，我媽已經知道了。」

我問：「她怎麼知道的？」

方瑋說：「還不是那個介紹我工作的朋友告訴她的。」

「她有沒有說什麼？」

「她把我大罵一頓，還說一定是我騎車沒長眼睛，才會發生車禍。她說我們太對不起你們了，害你們賠錢，還讓你們擔心。」

「其實也還好啦。」我說。

我們回到牛仔褲專櫃時，褲管修改好了。方瑋迫不及待穿上全新的 Armani 牛仔褲，和我一起走回家。回到家裡，爸爸媽媽正陪著方瑋媽媽在客廳聊天。

媽媽說：「哇，新牛仔褲。」

方瑋很得意地轉了一圈。轉完了之後，方媽媽說：「還不趕快跟潘先生、潘太太說謝謝。」

方瑋說：「潘先生，潘太太，謝謝。」

爸爸說：「哪裡，哪裡。」他像個「大好人」似地露著笑容。

方瑋從口袋裡拿出了卡片，交給媽媽：「這是我寫的感謝卡。」

媽媽拆開感謝卡，邊看邊露出了笑容。她對方瑋說：

「真的很謝謝你。」

聽到媽媽這樣說，方瑋有點扭捏，不過看得出來他其實是很高興的。

「對了，」方媽媽把桌上的水果禮盒推到媽媽面前，「還有這個，我和方瑋爸爸的一點心意。」

「不要這麼客氣吧？」爸爸說。

「真的不是客氣，這個孩子這次出院，簡直完全變了一個人，你不知道我有多高興。」

「是我撞到方瑋，哪還能收你們的禮物。」媽媽把禮盒推了過去。

「怎麼不能呢？」方媽媽又把禮盒推了回來，「我們方瑋會出車禍，其實也要怪他自己……」
一盒水果禮盒就這樣被她們兩個人在桌面上推來推去。
「不行，不行，」媽媽搖著頭說：「撞到別人還收人家禮物的，這真的說不過去……」
方媽媽有點著急了。
「怎麼會說不過去呢？這次要是他被別人撞到，那還得了？潘太太，拜託妳不要再客氣了，我沒騙妳，」她扯著嗓門，提高了音調說：「我們方瑋能被妳撞到……真是太幸運了。」

當我們說我愛你

每一個人都渴望愛，也渴望自由。
可是人很矛盾，愛就像狗，自由是狗的尾巴，
狗一直追著自己的尾巴團團轉，
一點也沒有想到尾巴其實是牠自己的一部分。
其實狗只要往前走，尾巴就會一直跟著牠了。

1

星期五晚上，妹妹跑來敲我房間的門。

「小哥，你可不可以幫我想想，我這個功課該怎麼辦？」

我瞄了妹妹的作業簿一眼，上面只有一個字——愛。

我說：「這是什麼意思？」

妹妹說：「就是問『愛』是什麼意思？老師要我們好好想想，搜集資料，並且寫心得。」

「愛嘛，」我說：「妳去查看看字典怎麼說。」

「字典上的解釋是：親慕的人或情緒。」

「那不就解決了嗎。」

「可是那只有……」她扳了扳手指頭，說：「七個字，老師說起碼要三百五十個字以上才可以。」

「妳就自己亂掰嘛。」

「可是我不會掰，怎麼辦？」

幸好我的老師沒有那麼無聊，否則像「愛」這種無聊的題目，我實在也掰不出三百五十個字來。

我想了一下說：「有了，妳可以去問對面小美嘛，她們一家人不是一天到晚『神愛世人』什麼的嗎？她應該是『愛』這方面的專家吧……」

「哎啊，小美啊，可是……」妹妹想了一下說：「可是她一講到神啦，或者愛啦什麼的，就沒完沒了欸。」

我說：「妳嫌七個字太少，那不是正好嗎？」

「噢。」妹妹拿著作業簿，咚咚咚要離開，走了幾步，她轉過身來，神秘地問：「你有沒有爸爸的消息？」

我搖搖頭。

「可是他已經……禮拜三，禮拜四，」妹妹又扳手指頭，「今天禮拜五，一共三天沒有回家睡覺了。」

我說：「媽媽不是說他『出去走走』嗎？」

「可是，他們是吵架之後，爸爸才『出去走走』的。」妹妹有點擔心地說：「爸爸會不會不回來了？」

我說：「不會吧？」

妹妹問：「你怎麼知道不會？」

「應該不會吧……」我愈說愈沒有把握。

妹妹走了幾步，又回過頭來問：「小哥，你說，媽媽有沒有可能是爸爸在外面的小老婆，而我們都是小老婆的孩子，爸爸在別的地方還有一個大老婆……」

「妳會不會連續劇看太多，」我說：「想像力太豐富了一點？」

妹妹定定地看著我，不知道在想著什麼，半天，她終於說：「如果爸爸和媽媽要離婚的話，我們豈不是完蛋了嗎？」

「怎麼會完蛋？」

「怎麼不會呢？如果他們要分開，我們也會被迫分開……」

「他們都是大人，如果他們不相愛，想要離婚，」我裝出一副見廣識多的神情說：「那也沒有辦法。」

「他們怎麼可以這樣？」

「大家都會這樣啊。有時候妳愛一個人，可是後來妳又變得很討厭他，這種事情有時候很難控制啊。」

「可是不能這樣啊，」妹妹說：「我們兩個不相愛，頂多我進我的房間，你進你的房間，大家又不會真的怎樣。可是如果他們兩個人不相愛，我們這個家就要破碎、分裂，而我們卻連阻止的權利都沒有……你不覺得這實在太誇張了嗎？我們生活得好好的，他們憑什麼可以這樣？」

我和妹妹決定溜到客廳，再打一次電話。電話裡面是標準的國語，說著：

你所撥的電話現在沒有回應，如要留言，請在聽到嘟聲之後開始留言，如要快速留言，請撥#字鍵……

我猶豫了一下，對著話筒說：「爸，我是小潘，請你在聽到我的留言之後，打電話回家。」說完掛斷了電話。

「你怎麼這樣說？」妹妹有點責怪地看著我，她說：「我來。」

妹妹站到我的位置，拿起了話筒，開始撥號。不久，聽筒裡傳來同樣的提示。

妹妹看了我一眼，下定決心似地對著話筒說：

「爸，你到底是出去走走還是離家出走，你快點回來吧，我都快發瘋了。」妹妹掛斷電話，對我點了點頭，一臉「這樣才對嘛！」的表情。

媽媽走過來了，她問：「你們打電話給誰啊？」

「呃……」妹妹說：「打電話給同學，問功課。」

「對，問關於『愛』的心得報告。」

媽媽半信半疑地看著我說：「妹妹的心得報告關你什麼事？」

「我……我沒事，是她先來問我，我叫她去問別人。」
媽媽沒再追問下去。她說：「功課都做完了嗎？」
妹妹說：「只剩下心得報告。」
「小潘呢？」
「差不多了。」
趁著媽媽心情看起來不是很惡劣，我旁敲側擊地說：「爸爸出去走走……好像好幾天了，還沒回來。」
媽媽說：「他愛出去走走，就出去走走，我管不著。」
「那，」我注意到媽媽似乎聲調稍稍提高了一點，於是更小心翼翼地問：「他有沒有說什麼時候回來？」
「他那麼大一個人了，我哪知道他什麼時候回來？」
我沒有繼續再問下去，再笨的人都看得出來這時候該閉嘴了。
「哎喲，」哥哥說：「你們何必杞人憂天呢？他說出去走走就是出去走走。」
地點是哥哥的房間。哥哥坐在椅子上，妹妹和我則像傻瓜一樣地在哥哥面前站著。

妹妹說：「可是出去走走，有可能就是離家出走的意思啊。」
哥哥說：「他是爸爸，總要回來吧。」
「萬一他不回來呢？」
「他會回來的。」
我問：「你怎麼知道他一定會回來？」
「如果你們一定要逼我講肉麻話的話，」哥哥說：「我只能說：因為爸爸很愛我們，所以，他一定會回來。」
妹妹問：「那我更不明白了，如果他真的很愛我們，為什麼還要離家出走呢？」
「大人的事，有時候就是這樣，」哥哥一副很內行的模樣說：「好比說，他們愛我們，對不對？」
我和妹妹都點點頭。
哥哥說：「他們一直愛，一直愛……一直愛的結果呢，就會受不了，然後就必須出去走走。」
妹妹問：「既然是一直愛，一直愛……為什麼還會受不了呢？」
「怎麼說呢？」哥哥抓了抓頭說：「好比說，上課，一直上，一直上……一直上的結果就會受不了，然後呢……就必須下課。」

我和妹妹似懂非懂。妹妹說：「可是下課才只有十分鐘。」

哥哥說：「好吧，那就是上學。一直上學，一直上學……就會受不了，然後就放學。這樣懂了吧？」

妹妹搖搖頭說：「可是放學才一個晚上，爸爸已經三個晚上沒有回來了。」

「那就是放春假，對，放春假，」哥哥說：「一直上課，一直上課……就會受不了，然後就放春假了。懂嗎？」

我說：「萬一爸爸決定休學，或者被退學了，那怎麼辦？」

「不會啦，」哥哥說：「他們是大人，大人有大人的想法，他們才不會像我們小孩這樣。」

「大人才糟糕咧，」妹妹嘟起了嘴，抱怨說：「我們小孩子吵架再嚴重，過一下子也就好了。可是大人稍微意見不合，就會開始要脾氣，要不是好幾天彼此不講話，就是離家出走……大人最幼稚了。」

我去打開鞋櫃，爸爸的鞋子還在。走出去後陽台，爸爸前天洗的襯衫、長褲，還有內衣、內褲也還掛在那裡飄啊飄地。

不久，媽媽也來陽台收衣服了，她問：「小潘，你一個人在這裡發什麼呆？」

我說：「沒有。」

媽媽沒再多理我，自顧把衣服一件一件從衣架上摘下來，抱了一大疊在手上。

我忽然問：「媽，爸爸都沒跟我們聯絡，萬一他發生意外怎麼辦？」

「什麼意思發生意外？」

「被人家綁架啦，或者發生交通意外啦……」

我注意到媽媽變了臉色，可是她仍然裝出沒事的樣子說：

「不會吧，你不要亂說。」

我跟在她後面走進屋內。現在我看得出來媽媽在擔心了。她走進客廳，把所有的衣物都放在桌儿上，又走到電話旁，拿起話機開始撥號。沒多久我就聽到那段熟悉得不能再熟悉的聲音。

你所撥的電話現在沒有回應，如要留言，請在聽到嘟聲之後開始留言，如要快速留言，請撥#字鍵……

媽媽一直聽到嘟的聲響之後才掛斷電話。她並沒有留言，只是回過頭，自言自語地說：

「不至於吧，他都這麼大的一個人了。」

睡覺前，妹妹拿著作業簿進來，她說：「你幫我看看這樣好不好？」

我接過她的作業簿，上面寫著：

愛是一種親慕的人或情緒，這種情緒雖然感覺很好，可是哥哥說如果我們一直愛的話，到最後就會覺得累，必須休息。我不明白，為什麼「愛」需要休息？像我很愛媽媽，從來也不會覺得很累啊？奇怪的是，大家平時從來不說，好像根本沒有這件事一樣，一直要等它不見了，才開始覺得不舒服。更奇怪的是，明明不舒服，卻又要裝出無所謂的樣子，還故意說：「我哪知它什麼時候回來？」

妹妹的心得只寫到這裡。

我抬起頭說：「還不錯啊。」

妹妹嘆了一口氣說：「這樣連標點符號也才一百七十二個字，老師說起碼要寫三百五十個字才可以。」

「那就多寫一些啊。」

「寫什麼呢？唉，」妹妹嘆了一口氣說：「我要是知道就好了。」

2

星期六早晨，我去樓下便利商店買麵包和牛奶，才從便利商店門口走出來，就看見兩個女生朝著我走過來。那兩個女生身高差不多，都穿著哥哥學校的制服，一個胖胖的，另外一個比較瘦。胖胖的那個臉圓圓的，長了很多粉刺，瘦瘦那個臉白白的，看起來比較清秀，也比較好看。奇怪的是，那個胖胖的女生一直看著我，還對我指指點點。

等她們走到我的面前時，胖胖的女生不懷好意地說：

「你是潘哲偉的弟弟，對不對？」

我點點頭，問：「有什麼事嗎？」

瘦瘦的女生把我從頭看到腳，又從腳看到頭。看完之後，才從她的背包裡拿出一封信來。她說：

「請你幫我把這個還給你哥哥。」

我接過信封，看了一眼。那是一封顯然已經被拆開過的信。信封不是普通的信封，而是印有花花草草的那種，上面寫著：

葉渝琦 同學收

我問：「妳就是葉渝琦同學？」

葉渝琦點點頭。

「有什麼話要跟我哥哥說嗎？」

葉渝琦說：「你就說這封信太肉麻了。」

胖胖的女生也跟著驕傲又嚴肅地點點頭。

「就這樣？」我把信封收了起來。

「就這樣。」

她們兩個女生很正經地說完話，又很正經地離開了。我猜想她們應該是假裝的，因為走沒多遠，我回頭就看到胖女生興奮地對瘦女生不知說著什麼，然後兩個人吃吃地笑著。

由於媽媽急著要帶妹妹去上鋼琴課，因此，早餐匆匆忙忙就結束了。吃完早餐之後，我拿著信走進哥哥的房間。我說：

「你要不要看看這個？」

「那是什麼？」哥哥歪在床上，似乎很睏，流露出一臉不耐煩的表情。

「你寫給葉渝琦同學的情書啊，還問我？」

「我哪有寫情書給她？」

「你少裝了。」我瞇著眼睛，不以為然地說：「要不然這是什麼？」

「你哪來什麼情書？」

「剛剛我在樓下便利商店前碰到兩個女生。胖胖的那個問我是不是潘哲偉的弟弟。我點頭說是，然後瘦瘦的那個葉渝琦就拿給我這封信，要我把信還給你。」

「信？」哥哥從床上起身，半信半疑地把頭湊過來。他皺著眉頭說：「這根本不是我的筆跡……」

我也跟著哥哥開始讀信。如果你一定要問我的感想的話，我只能說，那實在是一封很噁心的情書；什麼窗邊的小雨啦，看著妳的倩影走過走廊啦，勾起我對妳的思念啦，愛啦……最難看的是信的末尾還用稍大的字跡署名——潘哲偉。

我威脅哥哥說：「你完蛋了，媽媽規定要大學以後才可以交女朋友，你才國中就寫情書，我要告訴媽媽！」

「豈有此理，我再不要臉也不可能寫出這麼噁心的情書，」哥哥一邊看一邊悻悻地回頭拿書桌上的筆記簿給我，「你自己看看嘛，筆跡完全不同。」

我接過了筆記簿，和信上的字比對一下，發現果然不同。

「怎麼會這樣呢？」我問。

「她拿信給你時，有沒有說什麼？」

「她請我轉告你，這封信太肉麻了。」

「她說得一點也沒錯，唉……我真是被整慘了，」哥哥看起來很懊惱，一下子坐在椅子上，一下子又站起來，在房間踱來踱去，他說：「這玩笑未免開得太離譜了！」

我不解地問：「為什麼有人要開你的玩笑？」

「哎喲，這些雞婆，」哥哥抓了抓頭，又撫了撫臉，焦慮地說：「這要從何說起呢？」

我想了想，好奇地問：「你是不是喜歡葉渝琦？」

「我對她印象是還不錯啦，」哥哥說：「但也沒好到要寫這麼噁心的情書的地步啊。」

我裝出一副卡通影片中名偵探柯南沉思的表情，想了想，又問：「你們班還有別的男生也喜歡葉渝琦嗎？」

「廢話，她那麼漂亮，那還用說。」

「搞不好他們是嫉妒你。」

「嫉妒我？」

「說不定他們聽到葉渝琦也對你的印象不錯，才會出此下策。」

「印象不錯？哎喲……」

我說：「你可以直接告訴葉渝琦說信不是你寫的啊，你沒有那個意思……」

「可是，」哥哥問：「這樣說，會不會讓她誤以為我很討厭她？」

「要不然，乾脆你就認了，當作那封信是你寫的。」

「哎喲，那麼噁心的信……承認是我寫的，不正好是自找死路？」

「要不然你還能怎麼辦？」

哥哥托著下巴想了半天，問我：「你覺得她說這封信太肉麻了，是什麼意思？」

「太肉麻就是太肉麻啊，你自己不也說了嗎，她說得一點也沒錯……」

「可是，」哥哥說：「太肉麻的意思很可能是鼓勵，希望我下次寫得含蓄一點。也可能是拒絕，要我下次不要再寫來了。你覺得到底是哪一種？」

我抓了抓頭說：「這恐怕要看她對你的印象好不好？」

「你覺得呢？」

「我哪知道，我只見過她一次，一共聽她說了三句話。」

「唉，」哥哥心神不寧地看了看錶，他說：「我得去補習了，下午回來再說吧。」

大家都走了以後，家裡只剩下我一個人，或許太無聊了，我又撥了一次爸爸的手機。如同往常，電話響了一會兒。正當我預期它跳到錄音留言時，忽然傳來有人說話的聲音。

「喂？」那是一個女人的聲音。

我嚇了一大跳，差點把話機丟掉。我深吸了一口氣，仍然強作鎮定，也對著電話說：「喂。」

她說：「你找哪位？」

我可以感覺到心臟撲通撲通地跳著。我說：「我找我爸爸。」

才一說完電話，我就後悔了。萬一那個女人真的和爸爸有什麼瓜葛，或者真像妹妹說的，媽媽是爸爸在外面的小老婆……唉，我怎麼這麼糊塗呢，還沒搞清楚對方的身分之前，就先暴露了自己的身分。

正懊惱時，忽然聽到那個女人問：「你是小潘？」

咦？連我是誰她都知道。我說：「妳怎麼知道我是小潘？」

「我當然知道你是小潘。」她說：「我是莉莉阿姨啊！」

莉莉阿姨？我說：「我爸爸的手機怎麼會在妳那裡？」

她說：「你爸爸昨天來找我和 Jeffrey 叔叔聊天，晚上住在我們家。我也沒想到他會把電話留在這裡。」

「他現在人呢？」

「你爸爸去了一個地方，我答應他暫時不告訴你們。」莉莉阿姨又安慰我說：

「你不要擔心，他去的那個地方，你 Jeffrey 叔叔也去過……雖然我現在還不能告訴你在哪裡，不過，反正不是什麼壞地方就是了。」

我又拐彎抹角地試了幾次，莉莉阿姨還是不告訴我爸爸的下落。於是我問她：

「昨天晚上爸爸都跟你們說了些什麼？」

莉莉阿姨說：「你知道的，就是你爸爸和媽媽之間的事。」

「我知道他們吵架了，然後爸爸離家出走。」

「你爸爸沒有離家出走，他只是出去走走，他需要一個人想想事情。」

奇怪了，大人的說法都差不多。我又問：「到底是什麼事情嘛？」

莉莉阿姨說：「還不就是一些微不足道的小事。」

我說：「他們哪次吵架，不是為了一些微不足道的小事？妳可不可說得具體一點？」

「具體的說嘛，呃……」莉莉阿姨在電話那頭想了好一會兒。

【莉莉阿姨】

怎麼跟像小潘這樣年紀的小孩說得具體一點呢？

就拿玟玟要出國表演的事情來說好了。我問 George：

「當初玟玟說要跟舞蹈團去日本表演，你讓她去了，也許就沒有這麼多問題了。」

他說：「我怎麼能讓她去呢？她那個業餘的歌舞團聽都沒聽說過，我怎麼知道他們是不是正派經營？」

我問：「奇怪，你們男人想事情為什麼老是那麼負面？」

Jeffrey 立刻附和 George 說：「可是安全問題也的確不能不考慮啊。」

「對啊，怎麼能不考慮安全問題呢？」George 似乎找到了同類，興奮地問：「如果你聽到自己的老婆想參加歌舞團去日本表演，第一件想到的事，就是安全問題對不對？」

「當然。」

「恭喜你，那你就完蛋了！」George 說：「如果我們男人什麼事都依照自己的第一個反應，並且誠實以告，那就完蛋了。我的問題就是這樣……」

說完兩個男人裝出一臉無辜的表情看著我。我也不甘示弱地說：

「女人本來就是很在乎感覺的。玟玟好不容易有機會可以出國去表演，你不但不鼓勵，反而還給她潑冷水，她當然會不高興。」

「我哪有潑她冷水？」George 說：「我只是提醒她，一定要注意安全問題，先弄清楚到底主辦的人是誰？過去都有過什麼經歷？日本接待的單位又是誰？都到哪裡去表演，表演給誰看，費用怎麼計算……」

「等等，你跟她囉嗦了這麼一大堆，」我說：「你說，這還不叫潑冷水？」

George問：「要不然，我該怎麼辦？」

「你可以先恭喜她啊，說她能被舞蹈團選上，你真是以她為榮，然後再考慮安全的問題……」

「妳明明知道那不是事實。」

「George啊，」我說：「你們這樣是不行的。市面上有很多夫妻溝通的書，上面都寫得很清楚，我真的建議你好好讀一讀，想一想。」

爸爸說：「問題是書上那些所謂的『模範老公』，妳能認同嗎？我真搞不懂，妳們女人為什麼非得把男人訓練到每天對自己說謊，才叫溝通？」

「哎啊，」我說：「玟玟是女生，你是男生，你就讓她一點嘛，有什麼關係？」

「我們全家什麼事情不是讓著她？她愛買名牌就買名牌，她嫌誰胖誰就不敢多吃，她愛開車我就交出車鑰匙，她想獨立自主，我就讓她獨立自主……」

「玟玟高興就好了嘛，你何必計較這些呢？」

「我哪有跟她計較，我是關心她，替她擔心。我這也是為她好啊。」

「可是你對她的好，未必是她想要的好。」

「問題是她想要的好，也未必真的是好啊……」

我嘆了一口氣，說：「就算真的是這樣，也犯不著吵架啊？」

「我哪有跟她吵架，」George說：「都是她罵我、罵小孩。」

「玟玟只是覺得自己扮演不好『媽媽』、『太太』的角色，挫折感很深，才會失控，發洩情緒。」

「難道她就不能先快樂一點嗎？有什麼問題，大家一起來解決嘛。」

「問題是玟玟如果不能先解決問題，她自己就不會快樂。」

「她如果不快樂，問題更不能解決了。妳知道我們的壓力有多大嗎？這一切變得好像全是因為我們的緣故，害她不能快樂……」

「具體的說嘛，呃……」莉莉阿姨在電話那頭想了好一會兒，才說：「就是他們彼此都愛得太多、太用力了。」

「愛得太多、太用力，那不是很好嗎？」

「怎麼說呢？」莉莉阿姨說：「這樣說好了，你爸爸和媽媽就好像狗追著自己的尾巴，轉個不停。」

「狗追著自己的尾巴？」

「對，狗以為牠的尾巴是挑釁牠的敵人，一直追著敵人咬。狗愈用力就愈咬不到敵人，一點也沒想到敵人就是牠自己的一部分。」

我愈聽愈迷糊了，可是仍然裝出成熟懂事的樣子問：

「妳覺得爸爸和媽媽之間，到底誰對誰錯？」

莉莉阿姨想了一下說：「我不覺得誰對或者誰錯，我只能說他們彼此的認知有落差。」

彼此的認知有落差？這實在很像電視上那些大人物講話的口氣了。

「莉莉阿姨，」我說：「我問妳一個問題，可是妳千萬別告訴我爸媽？」

莉莉阿姨說：「你問。」

「我爸爸……在外面，有沒有……呃，妳知道的，別的……女人？」

莉莉阿姨聽我說完之後，在電話那頭哈哈大笑了半天，好不容易才停下來。她說：「小潘，完全不是那回事。你爸爸要是有那個膽量的話，他昨天晚上也不用在我家聊到三更半夜了。」

3

中午哥哥不回來，妹妹和媽媽和我就在附近的餐廳用餐。平時假日我們習慣了五個人開飯，現在只剩下三個人，感覺上有點冷清，加上大家又不說話，氣氛更是變得「莊嚴肅穆」了。我悶著頭吃了好久的飯，終於把飯吃完了，抬起頭，發現媽媽和妹妹還在吃。

媽媽看我吃完了，問我：「你剛剛打電話給莉莉阿姨了？」

「我打爸爸的手機，沒想到是莉莉阿姨接的電話……」

「爸爸的事，莉莉阿姨剛剛都告訴我了。」

「爸爸現在在哪裡？」

「莉莉阿姨沒說。」

我們沒再交談。媽媽看起來心事重重，慢慢地扒著飯，過了一會兒，她把飯吃完了，忽然問：

「媽媽問你們，如果有一天，爸爸和媽媽離婚了，你們想跟誰住在一起？跟爸爸住，還是跟媽媽？」

聽媽媽這樣說，我真的有點愣住了，妹妹也覺得事態嚴重，放下了筷子。

我吞吞吐吐地說：「已經嚴重到這個地步了嗎？」

「我不知道。」

妹妹問：「妳當初和爸爸是因為戀愛而結婚的嗎？」

媽媽說：「是啊。」

「妳現在還愛爸爸嗎？」

媽媽想了一下說：「應該是吧。」

「我不懂，如果妳一直都愛爸爸，為什麼你們還要吵架？」

「我也不知道為什麼我們會吵架，」媽媽嘆了一口氣說：「或許因為我太愛你們了吧。我愈愛你們，就發現我愈失去自己……」

妹妹說：「可是妳一直是妳自己，妳從來不是別人啊？」

媽媽搖搖頭說：「媽媽從前單身的時候，和現在完全不一樣。那時候媽媽無憂無慮，很快樂。」

「妳是說，妳想要變回那個樣子，才是真正的自己？」

「那時候，我一個人很快樂，無憂無慮，可是現在世界上有了你們，我再也不可能變回從前那樣無牽無掛了，現在就算媽媽變回了一個人，我也不會那麼快樂了……」

「為什麼不會呢？」

「唉，有時想想人真的很矛盾。孤獨的時候渴望擁有愛的甜蜜，擁有愛的時候卻又懷念孤獨時的自由……」

妹妹問：「媽，妳會不會後悔生下了我們？」

「不會，」媽媽鄭重地說：「因為媽媽真的很愛你們。」

「妳和爸爸吵架，是因為妳要『獨立自主』嗎？」

「或許那也是原因之一吧。」

我又問：「如果妳和爸爸真的離婚了，是不是代表妳就可以『獨立自主』了呢？」

媽媽沒說什麼，眼淚流了下來。妹妹踩了一下我的腳。

媽媽拿出了一張紙巾，一邊拭淚一邊說：「你們還沒回答我的問題呢，想跟誰住？」

我搖搖頭說：「不知道。」

媽媽又問：「妹妹呢？」

妹妹說：「如果媽媽和爸爸離婚了，我不要跟爸爸住，也不要跟媽媽住。我要和大哥、小哥一起住在家裡。」

「為什麼？」

妹妹說：「因為那樣，我們的家就還好好的。妳和爸爸都只是累了，出去走走，只要我們的家還好好的，你們隨時都可以回來。」

媽媽的眼淚一直流，她擦濕了一張紙巾，又換了一張。

一回到家，媽媽進房間休息去了。

妹妹催促我說：「你快想想辦法啊，再這樣下去，他們都快離婚了。」

「莉莉阿姨知道爸爸在哪裡，但是她答應爸爸不能告訴我們，我們因為不知道爸爸在哪裡，所以有什麼話一定要透過莉莉阿姨轉達，」我在客廳走過來走過去，抓抓頭，又撫撫臉，唸唸有辭地說：「雖然莉莉阿姨不能傳話，但如果是緊急事件，莉莉阿姨一定得破例傳達……」

妹妹忽然說：「有了，我們可以騙莉莉阿姨，請她告訴爸爸，說媽媽生病了。這樣爸爸就會馬上回家了。」

「不可能的，」我說：「莉莉阿姨有媽媽的電話，她絕不會上當的。」

「要不然，說阿公生病好了，莉莉阿姨不可能有阿公、阿媽的電話。爸爸一聽到阿公生病，一定會立刻趕回家。」

「可是，」我說：「聽到阿公生病，爸爸一定會很擔心，這樣騙人好嗎？」

「爸爸自己還不是離家出走讓我們擔心，」妹妹說：「我們說阿公生病了，讓他也為自己爸爸擔心，這很公平啊。」

「如果要公平，妳還不如告訴爸爸，阿公阿媽要離婚了，叫他趕快回來。」

「哎呀，他不可能相信的啦，還是說阿公生病好了。」

「不好吧，」我又說：「上一次我裝肚子痛，差點被送去開刀，妳都忘了？」

「問題是現在情況特殊啊。」

「可是……我還是覺得怪怪的，」我說：「我看我們最好和哥哥商量一下。」

五點鐘，哥哥補習結束回來了。他悶不吭聲地把書包往桌上一丟，連正眼都不瞧我們一眼，自顧拿起電話開始撥號給同學。

哥哥很奇怪，平時講話還好，可是一跟同學講起電話就滿口髒話，好像少了那些連結詞，他就完全不會說話了似的。礙於我們家禁說髒話的規定，我把哥哥的話消音（B）處理之後的對白大致是這樣的：

「B，你們BBB是誰用我的名字寫情書給葉渝琦，BB，栽贓到我頭上來？有種BBB好漢做事好漢當，別BBBB地在暗地耍賤。」

他的同學當然說不是他，於是哥哥問他有沒有聽到什麼風吹草動，他的同學又說沒有。哥哥只好動之以兄弟之情，說什麼他被欺負了，大家一定要挺他啦，有什麼消息一定要告訴他啦……等等，諸如此類的話，說個不停。

哥哥同學的綽號都很奇怪，他跟「鳥蛋」講完了電話，再打給「軟膏」，然後又是「楊維」……每通的內容都差不多。雖然哥哥一無所獲，愈講火氣愈大，可是他仍然不屈不撓，掛掉一通電話，立刻繼續再打下一通。

差不多講了十通電話吧，哥哥終於注意到我和妹妹的存在了。

「幹嘛啦，」他說：「站在那邊偷聽我講電話？」

妹妹說：「我……我們，想用……電話。」

哥哥把話筒用力往話機一掛，沒好氣地說：「用啊。」

妹妹拿起了話筒，猶豫了一下，又支支吾吾地說：「可是在打電話之前，我們想先跟你商量一下。」我也附和著點頭。

哥哥交抱著手，沒好氣起說：「商量啊。」

於是妹妹把中午吃飯時我們和媽媽的對話，我們怎麼打算打電話騙爸爸回家的計畫都一五一十地告訴哥哥。

「夠了，夠了，上次小潘裝肚子痛，」哥哥心有餘悸地說：「光是那次我就受夠了。」

「可是這次不一樣，」妹妹說：「他們快離婚了，我們得想想辦法。」

「他們沒那麼容易離婚的啦，你們幹嘛那麼緊張？」

妹妹嚴肅地說：「哥，老師說：『國家興亡，匹夫有責』，你不要那麼自私嘛，只關心自己的事。」

「我哪有只關心自己的事？」

「你自己的事情打了十通電話，可是爸媽的事，你一通電話都不肯打。」

「哎，」哥哥不以為然地說：「感情的事，你們小孩子懂什麼？」

我們小孩子？

妹妹也不甘示弱地說：「感情的事你才不懂咧，你在電話講了半天什麼兄弟，要別人挺你……哪有人這樣談戀愛的？又不是在競選？」

哥哥被妹妹講得惱羞成怒，大罵：「感情本來就有它自己的節奏，偏偏就是有一大堆像你們這種雞婆從中攪和，才會搞得天下大亂！」

妹妹紅著眼眶說：「你罵我雞婆？」

哥哥沒好氣地說：「我不只罵妳，我還要罵全世界所有的雞婆。」

妹妹的臉不自主地抽搐，呼吸愈來愈急促，漸漸，整張臉扭成一團，終於放聲大哭。

妹妹大概哭了三分鐘之後，安靜了下來。她說：「好，你們不打電話，我自己打。」她拿起電話，開始撥莉莉阿姨家的電話。

「喂，莉莉阿姨，」妹妹說：「不好了，我阿公生病送急診室了，妳幫我們通知爸爸好不好……對，媽媽不在，她趕到醫院去了。大哥、小哥也不在，都趕到醫院去了，家裡只剩下我一個人……」

我跟哥哥在旁邊邊聽邊皺眉頭，可是妹妹還是義無反顧地繼續瞎掰。

「不曉得耶，可是聽起來好像很嚴重的樣子，阿媽一直在哭……我怕媽媽一個人忙不過來。拜託，拜託……」

妹妹掛掉電話，看了我和哥哥一眼，一副大姊頭架式。沒多久，媽媽放在廚房流理台的手機響了起來。妹妹一個箭步衝上去，關掉手機，還把手機藏進衣服口袋裡。她又瞪了我們一眼。

媽媽出來了。她問：「我剛剛好像聽到我的手機在響？」

妹妹說：「沒有啊。」她把頭轉過來，背著媽媽對哥哥和我眨眼睛。

我和大潘說：「沒……沒有。」

媽媽四下張望了一會，又問：「你們有看到我的手機嗎？」

妹妹說：「沒有。」

看我們心神不寧的模樣，媽媽問：「你們三個人是不是有什麼秘密，不告訴我？」

我們異口同聲地說：「沒有。」

媽媽嘆了一口氣，一副無心追究的表情，拿出三百元交給哥哥。

「等一下你帶小潘和妹妹去樓下餐廳吃飯，」媽媽說：「今天晚上我吃不下了。」媽媽說完安安靜靜地走回房間去了。

媽媽一走進房間，妹妹也說：「反正我也沒心情吃晚餐了。我們就等著天下大亂吧！」說完她也走回房間去。

客廳只剩下我和哥哥。哥哥看了看手上的錢，又看了看我。他嘆了一口氣，把三百元交給我，自顧轉身繼續打他的電話。

4

我一個人去樓下買了一包泡麵。回到家裡時，哥哥還在打電話。我撕開包裝，把麵倒進大碗，剩下的麵屑倒進嘴巴裡。我拿出調味包，還有醬汁包，正要撕開時，哥哥講完了電話，若有所思地走了過來。

「小潘，」哥哥說：「我們商量一下。」

「什麼事？」

「我查到葉渝琦家的電話了，你可不可以幫個忙？打電話給她，跟她說，那封信不是我寫的，然後幫我把信還給她。」

我搖搖頭，酸溜溜地說：「我才不想當雞婆咧，搞得天下大亂！」

「哎呀，不是雞婆，是好人啦。拜託拜託！」

這時候，電話響了，我接起電話說：「喂。」

「小潘，」電話裡的聲音說：「我是爸爸。」

一聽到爸爸的聲音，我的心臟撲通撲通地跳著。我摀住話筒，告訴哥哥：「爸爸打來的。」哥哥一聽到爸爸打來的，一副生怕嫌疑犯跑掉的模樣，躡手躡腳跑去媽媽的房間敲門。

「這幾天爸爸不在家，你們還好嗎？」

「還好。」事實上一點也不好，媽媽不吃晚飯，妹妹在哭，哥哥被誣賴，我則一個人孤苦無依地在吃泡麵。我問：「爸爸，你現在人在哪裡？」

「我在金山參加一個成長營。」

「成長營？」

「愛的成長營，Jeffrey 叔叔介紹我參加的。」

「愛的成長營是什麼？」

「就是一些關於愛的課程，還有許多討論……總之，爸爸在這裡學到很多東西。」

「你打算什麼時候回家？」

「這一梯次的課程到明天中午結束，明天下午爸爸應該就可以回到家了。」

我看見哥哥和媽媽正走過來。妹妹似乎也聽到聲音，走出房間來。

「媽媽來了，你要不要跟她說話？」

「好。」

Yes！我心裡想著。我把話筒交給媽媽，媽媽先做了一個深呼吸。

「喂，」媽媽繃著臉說：「好久不見。」

接下來的談話，雖然我們試圖貼到話筒旁竊聽，不過卻被媽媽的目光制止。因此，我們只能從媽媽的表情，還有單方面的談話，揣測事情的進行。

「嗯……還好，對……沒有這回事，應該是小孩子亂說的……喔，那就好……

沒關係，」媽媽下意識捲起電話線，又放開電話線，「嗯……不要緊，嗯……好……」

乍聽之下，你會以為那是兩個剛認識的朋友客客氣氣地對話，不過我相信大部分的時間，應該是爸爸在跟媽媽說好話才對。承蒙老天保佑，從頭到尾，媽媽都很配合，她沒有任何反駁、譏諷、質疑，也沒有提高音調。兩個人大概講了三分多鐘，媽媽的臉色終於漸漸緩和下來，她說：

「其餘的等你明天回來再說吧。」

掛斷電話，媽媽安靜了一會。她臉上有種好像剛吃完很好吃的食物，正在回味的表情。過了一會，媽媽恢復過來，忽然問：

「你們為什麼跟莉莉阿姨說阿公生病了？」

我和哥哥怨怨地看著妹妹說：「都是妹妹。」

妹妹一臉委屈的表情，沒說什麼，只是從口袋裡面拿出被她藏了起來的手機。

「難怪，剛剛我明明聽到電話響，一定是莉莉打來的……」媽媽恍然大悟，不過她一點責怪妹妹的意思也沒有，只說：「下次不要這樣了，知不知道？」

我問媽媽：「爸爸明天要回來了？」

媽媽點點頭。好像那是再稀鬆平常不過的事情一樣。

妹妹問：「媽媽，妳覺得高興嗎？」

「我當然高興啊，」仍然是一張平靜的臉，媽媽一轉身，發現了桌上的泡麵，問我們：「你們都吃過晚餐了嗎？」

我們全搖搖頭。

「肚子忽然變得好餓喔，」不曉得是故意轉移話題焦點還是怎麼回事，媽媽提高了音調說：「大家一起去吃晚餐吧。」

其實你還是可以感覺到媽媽情緒明顯地變好了。至少晚餐沒有人再談離婚啦，跟誰住這些勁爆話題。吃完了晚餐，媽媽還提議到超級市場去買菜，明天給爸爸接風。我們全都說好。

進了超市，哥哥在最前面推著推車，我和妹妹第二層，媽媽在後面。除了哥哥有點魂不守舍以外，大家的心情大致上還算不錯。

妹妹一直自吹自擂她的功勞，媽媽則是一路和莉莉阿姨猛講手機，報告剛剛的事情。她們兩個中年女人講得可熱絡了，不時還爆出哈哈哈的笑聲。媽媽邊講邊把手往東一指絲瓜，我們立刻拿起絲瓜，往西一指豬肉，我們也跟著照辦。好不容易，媽媽講完了電話，推車上的空間也幾乎被採購的食物佔滿了。

正準備把推車推到結帳櫃台時，媽媽忽然想起什麼，她說：

「對了，家裡沒洗髮精了。」

於是我們把推車推進有洗髮沐浴商品的通道裡。在通道中前進了兩、三公尺之後，我注意到前方有對母女，推著推車迎面而來。我一看到那個穿制服的女生，立刻抓緊哥哥的手，脫口叫了出來：

「葉渝琦！」

哥哥一聽到葉渝琦，整個人愣住了。一會兒，他回神過來，轉身要跑，被我擋住。我說：

「你又沒做什麼虧心事，這麼一跑，萬一被發現了，她怎麼想？」

「可是……」

我硬推著哥哥往前走。通道的寬度只容許兩部推車交錯而過，一點轉圜的餘地也沒有。哥哥低著頭，全身僵硬，愈走愈慢，彷彿前面不是葉渝琦，而是斷頭台似的。

「走啊！」我催促他。

眼看葉渝琦離我們愈來愈近，就在推車正要交錯時，哥哥的肩膀忽然碰到了架子上的沐浴乳，掉落下來許多瓶瓶罐罐。哥哥反射性地伸手去搶救那些瓶瓶罐罐，可是他一個重心不穩，整個人往商品架一傾——只聽見嘩啦啦的聲音，包括沐浴乳、洗髮精、潤絲精，一大堆的瓶瓶罐罐全掉了下來，在地面上滾來滾去。這個意外驚動了許多人跑過來，包括超市的售貨員，大家都蹲到地上撿拾掉下來的商品。

我不很確定原先葉渝琦是不是注意到了哥哥，不過媽媽抱著滿懷的沐浴乳，用著幾乎整個超市的人都聽得到的聲音大嚷：

「潘哲偉！你到底在幹什麼？都快要可以娶老婆的人了，還這麼笨手笨腳！」

哥哥看起來很懊惱，「怎麼所有倒楣的事都被我遇上了。」他邊說還邊用頭輕輕地撞房間的牆，他說：「還說什麼都快要可以娶老婆的人了……唉，叫我以後怎麼做人？」

我安慰他說：「你不要難過了。你不是有葉渝琦家的電話嗎？我幫你打電話給她，把信還給她不就好了嘛。」

「可是萬一她不相信不是我寫的呢？」

「你可以抄一份一模一樣的信，讓她比對筆跡啊。」

「可是……這樣做，」哥哥又說：「會不會讓她覺得我不喜歡她？」

我抓了抓頭說：「不至於吧。」其實我也不是很有把握。

我和哥哥又討論了一會兒，最後我們都同意這是唯一的辦法了。

我一共打了三次電話才接通葉渝琦。當她聽到那封信不是哥哥寫的時，似乎有些驚訝，不過她並沒有多說什麼。我又費了一番唇舌，才說服她應該拿回那封寫得太肉麻的情書，並且看看哥哥提出的證據。

最後我們約定明天早上九點半，在樓下的便利商店前面碰面。

睡覺前，妹妹又敲了敲我的門，進到我的房間來。

「什麼事？」我問。

「我的作業，你可以幫我再看看嗎？」妹妹指了作業上的一段，說：「這是我剛剛寫的。」

「噢。」我接過作業，順著她指的地方看了下去。

我們每一個人都渴望愛，也渴望自由。可是人很矛盾，有了愛就沒有自由，有了自由又沒有愛……

讀到這裡，我覺得不太對勁。

「妳說有了自由就沒有愛，有了愛又沒有自由，這好像怪怪的……妳要不要試看看這個，」我說：「莉莉阿姨曾經在電話中跟我說，爸爸和媽媽就像狗追著自己的尾巴團團轉。」

「狗追著自己的尾巴團團轉？」

「莉莉阿姨說：狗以為牠的尾巴是挑釁牠的敵人，一直追著敵人咬。狗愈用力就愈咬不到敵人，一點也沒想到敵人就是牠自己的一部分。」

「聽起來好深奧喔，」妹妹想了一下說：「啊，我知道該怎麼辦了。」她又蹦又跳地坐到我的書桌前，用立可白塗了塗，又吹了半天，拿起筆開始修改。不一會兒，文章修改好了，她說：「小哥，再幫我看一下？」

我接過作業簿，又開始一字一句地唸：

每一個人都渴望愛，也渴望自由。可是人很矛盾，愛就像狗，自由是狗的尾巴，狗一直追著自己的尾巴團團轉，一點也沒有想到尾巴其實是牠自己的一部分。其實狗只要往前走，尾巴就會一直跟著牠了。

「不錯嘛，」我說：「有創意喔。」

妹妹笑了笑，說：「下面還有，繼續看。」

我又唸：

愛像剛出生的嬰兒，需要人家抱他，可是又不能太用力抱。愛不能太雞婆，也不能不雞婆，不能太肉麻，也不能完全不肉麻……總之，愛是世界上最神奇、也是最麻煩的一件事。因此，大家對於愛一定要好好珍惜。

唸完了，妹妹問：「怎麼樣？」

「雖然結尾有一點老套，不過我覺得還不錯。」

妹妹認真地算了算字數，高興地又叫又跳說：「連標點符號一共三百五十五個字，太好了，我總算可以交差了。」

「恭喜噢。」

「謝謝。」她得意地拿著作業簿，轉身往門口的方向走，走了兩步，不知想起什麼，忽然回過頭來問我：「小哥，你愛我嗎？」

我說：「我愛妳。」

「你會永遠都愛我嗎？」

「我會永遠都愛妳。」

「我也永遠都愛你。」妹妹說完，走回來抱住我，搖啊搖的，她說：「我覺得大人都好奇怪喔，我們這樣最好了。」

我也說：「對，我們這樣最好了。」

5

隔天早上九點二十五分，我拿著那封「原版」的情書，還有哥哥抄寫的「證據版」，和哥哥站在便利商店門前。那份「證據版」的情書，哥哥一共抄寫了三次，又扔了兩份到垃圾桶去，才算大功告成。

總之，哥哥就這樣神經兮兮地，一下子要我問葉渝琦，所謂的「太肉麻」真正的意思是什麼，可是過了一會兒，他又說算了，算了，還威脅我，什麼都不可以多說，否則他要讓我好看。

我抱怨著：「你乾脆自己跟她說算了。」

「要是可以的話，我幹嘛還求你？拜託拜託啦！」哥哥說完，像隻膽小的老鼠一樣躲到遠遠的牆角後面，只露出半個臉來偷窺。

九點三十一分，葉渝琦穿著一襲開滿花朵的連身裙走了過來。

「嗨。」我說。

「嗨。」

情況有點尷尬，葉渝琦的雙手交握在背後，扭來扭去。我拿出原來那「原版」的情書，又把哥哥的「證據版」展開來。

「信真的不是我哥哥寫的，」我說：「妳可以比對一下，他的筆跡應該是這樣。」

葉渝琦拿著兩個版本看了一會兒，她皺了皺眉頭，又輕輕地點著頭，好像想著什麼，又好像理解了什麼。不久，她說：

「你哥哥的字比較好看。」

「是啊，我哥哥說他……」我本來想說「再不要臉也不可能……」可是又覺得好像不太對，於是我說：「我哥哥說他不可能寫出那麼噁心的情書。」

「噢。」

葉渝琦說完低下了頭，一隻腳在地上畫啊畫地，不知畫些什麼。我本來有種衝動想問她：我哥哥還可不可以再寫信給妳啊？可是一想起哥哥的威脅，我又覺得我還是不要太雞婆了。

「那麼，」我說：「再見了。」

「嗯。」葉渝琦也說：「再見。」

葉渝琦才走開，哥哥立刻從牆角衝了出來，著急地問：「怎麼樣？」

我說：「她說你的字比較好看。」

「字比較好看，」哥哥陶醉了半天，又問：「然後呢？」

「然後我就說：『是啊，我哥哥說他不可能寫出那麼噁心的情書。』」

「對，對，就是這樣。」哥哥激動地問：「她怎麼回答？」

「她說：『噢。』」

「噢，就這樣？」

「就這樣。」

哥哥似乎有點失望，忽然又問：「我抄的那封信呢？」

我說：「在她那裡啊。」

「怎麼可以在她那裡呢？那可是我的親筆筆跡，還有我的簽名，問題內容那麼噁心，將來萬一被公開了，我豈不跳到黃河也洗不清？」

「對噢，」我說：「現在怎麼辦？」

哥哥火大地說：「趕快去追回來啊！」

我一聽立刻沿著葉渝琦離開的方向開始用力衝刺。我跑呀跑，跑過了豆漿店，藥房，終於在賣水果的巷口右轉的地方發現了葉渝琦。

「對不起。」

葉渝琦停下腳步，轉過身來。

我上氣不接下氣地說：「我哥哥說，他抄寫的那封信雖然是他的筆跡，還有他的簽名，可是那些話真的太噁心了，所以請妳還給他……」

「噢。」葉渝琦的臉有一點紅了起來，她慢慢地從口袋裡拿出哥哥那封「證據版」的信，交還給我。

交出信件之後，葉渝琦站在那裡，似乎還沒有離開的意思，我可以感覺到她似乎還期待我多說一些什麼，諸如哥哥真正的意思是什麼之類的，可是她又沒有問。

我也想乾脆問她：到底喜歡不喜歡我哥哥？可是不知道為什麼，話到了嘴邊，又變成了：「謝謝。」

葉渝琦對我點點頭，笑了笑，我也對她擺擺手。之後，我沿著水果攤、藥房、豆漿店，又跑了便利商店前。

哥哥問：「你跟她要信了？」

我點點頭。

「她怎麼說？」

「她說『噢』，然後就把信交還給我。」

「又是『噢』？」哥哥抓了抓頭說：「她還說了別的什麼嗎？」

我搖搖頭，把信交給哥哥。

哥哥拿著信，在商店門口前踱來踱去，又問：「她說噢的時候，是高興的嗎，還是有點失望？」

「我真的不知道耶，她臉上沒有什麼表情。」

「你跟她說要把信拿回去的時候，表情有沒有很兇，或者是一臉不高興的樣子？」

「沒有啊。」

「我不信，你再說一次我聽聽看。」

於是我又裝出上氣不接下氣的模樣說：「我哥哥說，他抄寫的那封信雖然是他的筆跡，還有他的簽名，可是那些話真的太噁心了，所以請妳還給他……」

「那她怎麼說？」

「她說，『噢』。」

「噢？」

我點點頭。

「那你覺得『噢』到底是什麼意思？」

「我不知道。」

哥哥又把雙手背在身後，來回地在便利商店門口走著，不停地發著：「噢，噢。噢？」高低不同的聲音，那個聲音像是回味，又像是質疑。漸漸，噢的聲音愈來愈微弱，變成了嘆息。

本來爸爸預定下午回來，不過中午不到，媽媽就打電話去問莉莉阿姨成長營的地點，決定開車到金山去接爸爸回家。

一聽到這個提議，我們全都拍手贊成。

媽媽載著我們，把汽車開上了高速公路，往金山萬里的方向奔馳。不到三十分鐘，汽車下了高速公路，轉往濱海公路，很快的，海就在窗外了。我徵得媽媽的同意搖下車窗，一陣陣濕熱的海風吹了進來。我就這樣趴在窗戶上面，瞇著眼睛看著遠方海面上的波光粼粼。

汽車開到了成長營所在的活動中心，遠遠就看到中心門口用著很大的橫布聯寫著：「愛，就要勇敢說出來！」

擴音器裡不斷重複地播放著〈愛的真諦〉那首歌：

愛是恆久忍耐又有恩慈，愛是不嫉妒，愛是不自誇，不張狂，不做害羞的事，不求自己的益處，不輕易發怒，不計算人家的惡……

成長營課程似乎剛剛結束，停車場，門口，到處都是來接送的人。

一進活動中心大廳，我們就看到爸爸在櫃台那裡。爸爸放下了手中的行李，很高興地跟我們揮手。等我們走近時，爸爸更是展開雙手擁抱我，他說：

「小潘，我愛你。」

難得爸爸這麼熱情，我有一點受寵若驚，吞吞吐吐地說：「我……也是。」

爸爸抱完我之後，又去抱哥哥，也說：「大潘，我愛你。」大潘似乎比我更不能適應，只說了一聲：「喔。」

只有妹妹最大方，爸爸還沒有抱她，她就搶先跳到爸爸身上，無尾熊似地抱住爸爸，並且說：「爸爸，我很愛、很愛你。」

爸爸也緊緊地抱住妹妹說：「爸爸也很愛、很愛妹妹。」

接著輪到媽媽。媽媽說：「不用吧，大庭廣眾之下。」可是爸爸卻說：「就是大庭廣眾之下，才要說得更大聲啊。」媽媽又說：「不用了。」可是爸爸仍然堅持。最後，爸爸抱住媽媽說：「我愛妳。」看得出來媽媽被爸爸抱在懷裡其實很高興，可是她卻嚷著：「都老夫老妻了，別這樣吧。」

一位王先生走過來，爸爸向我們介紹這是他同梯次的學員。介紹完之後，王先生向我們點點頭，我們也向他點點頭。然後王先生向爸爸道別，他們兩個人擁抱在一起。

爸爸說：「王先生，我愛你。」

王先生也說：「潘先生，我也愛你。」

我們全都張大了眼睛，看著這兩個中年男人互相擁抱。後來我們發現這一點也不稀奇，從大廳一路走到停車場，爸爸跟每個碰到的學員擁抱，並且說：「我愛你。」不只爸爸，其他的學員，也和別的學員擁抱，並且彼此說「我愛你。」

這個歎為觀止的場面，一直到我們上車為止。媽媽把汽車鑰匙交給爸爸，由爸爸開車。回家的路上，爸爸還很興奮，一直在跟我們分享心得，說這次的成長營多麼有啟發，多麼有收穫……他講到一半，媽媽的手機響了。

「怎麼樣？」我一聽就知道是莉莉阿姨的聲音，她說：「滿意嗎？」

「還好啦。」媽媽說。

「他有沒有跟妳說：『我愛妳』？」

「妳怎麼知道的？」

「哎喲，這才只是開始而已。」說完，電話中傳來一陣莉莉阿姨高八度的笑聲。

汽車順著高速公路轉進建國南北高架橋，下橋左轉忠孝東路時忽然被警察攔住了。警察跟爸爸指指點點了半天，終於開了一張綠燈左轉的罰單。我本來以為爸爸拿到罰單之後，一定會有一些什麼交通號誌標示不清啦，或者是罰得太重之類的抱怨，沒想到爸爸不但沒有任何不愉快，反而還打開車門，主動走出車外去擁抱警察，他說：

「警察先生我愛你。」

那位年輕的警察先生當場傻眼了，無奈地笑著，不知道該如何是好。直到一陣抱抱又拍拍之後，爸爸才放開警察，走進車內，重新發動汽車。

汽車開了一會兒，媽媽不安地問：「收到罰單，了不起跟警察說謝謝也就可以了，抱著警察說我愛你，這有點太誇張了吧？」

「我們真的都應該好好地擁抱警察，跟他們說我愛你的。」爸爸煞有介事地說：「妳看，要不是他們，我們每天怎麼能夠安安心心地生活著呢？我們其實應該更勇敢地把我們的情感表達出來的。」

哥哥、妹妹、媽媽和我坐在汽車內，全都面面相覷。可是爸爸似乎沒有感覺到，他自顧自地唱起了〈愛的真諦〉的旋律。

愛是恆久忍耐又有恩慈，愛是不嫉妒……

汽車就在爸爸五音不全的歌聲之中，轉進家裡，進了停車場。停好汽車之後，我們全家從樓梯走上一樓準備搭電梯。一樓的管理員看到我們全家走上來，遠遠地就對我們熱情地打招呼，還不知死活地說：

「哎呀，潘先生，好久不見了。」

爸爸一聽到管理員跟他打招呼，立刻張開了雙手，走了過去。

我們一看到爸爸的招牌動作，立刻意識到爸爸又要過去擁抱管理員了。為了不讓管理員覺得太錯愕，也不要讓場面太尷尬，妹妹、哥哥和我搶在爸爸之前衝了過去。妹妹搶先抱住管理員說：

「管理員先生我愛你。」

我也抱著管理員說：「管理員先生我愛你。」

接著是哥哥，他也抱了抱管理員說：「管理員先生我愛你。」當場有這麼多小孩抱他，還說「我愛你」，管理員難免有點不能適應，一直嘿嘿嘿地笑著，企圖掩飾自己尷尬。可是當爸爸也過來要抱人時，管理員可真的有點手足無措了。爸爸可一點也沒讓他有脫逃的機會，兩隻手像老鷹抓小雞一樣，牢牢地抱住了管理員。

爸爸說：「管理員先生我愛你。」

一時之間，我看到管理員整張臉紅了起來。幸好之前三次的練習讓他學會了很多事，管理員驚慌失措地支吾了半天，終於吞吞吐吐地說：

「潘先生，我……也愛你。」

國家圖書館出版品預行編目資料

天作不合 / 侯文詠著. --二版.--臺北市：皇冠文化.
2023.03
面；公分（皇冠叢書；第5081種）（侯文詠作品集；12）

ISBN 978-957-33-4001-0 (平裝)

863.57　　112001294

皇冠叢書第5081種
侯文詠作品 12
天作不合
【親愛珍藏版】

作　者—侯文詠
發 行 人—平　雲
出版發行—皇冠文化出版有限公司
台北市敦化北路120巷50號
電話◎02-27168888
郵撥帳號◎15261516號
皇冠出版社(香港)有限公司
香港銅鑼灣道180號百樂商業中心
19字樓1903室
電話◎2529-1778　傳真◎2527-0904
總 編 輯—許婷婷
責任編輯—黃雅群
內頁設計—李偉涵
行銷企劃—許瑄文
著作完成日期—2005年05月
初版一刷日期—2005年07月
二版一刷日期—2023年03月
法律顧問—王惠光律師

讀者服務傳真專線◎02-27150507
電腦編號◎010111
ISBN◎978-957-33-4001-0
Printed in Taiwan
本書定價◎新台幣380元/港幣127元